江苏公安作家丛书

沩城警事

卢婺／著

沩城警事

群众出版社

图书在版编目（CIP）数据

沩城警事 / 卢嫈著．—北京：群众出版社，2014.11
（江苏公安作家丛书）
ISBN 978-7-5014-5291-0
Ⅰ.①沩… Ⅱ.①卢… Ⅲ.①散文集—中国—当代 Ⅳ.①I267
中国版本图书馆CIP数据核字（2014）第241971号

沩 城 警 事
卢 嫈 著

出版发行：群众出版社
地　　址：北京市丰台区方庄芳星园三区15号楼
邮政编码：100078
经　　销：新华书店
印　　刷：北京通天印刷有限责任公司

版　　次：2015年1月第1版
印　　次：2015年1月第1次
印　　张：8.375
开　　本：880毫米×1230毫米　1/32
字　　数：210千字

书　　号：ISBN 978-7-5014-5291-0
定　　价：30.00元

网　　址：www.qzcbs.com
电子邮箱：qzcbs@sohu.com

营销中心电话：010-83903254
读者服务部电话（门市）：010-83903257
警官读者俱乐部电话（网购、邮购）：010-83903253
文艺分社电话：010-83903973

本社图书出现印装质量问题，由本社负责退换

期待江苏公安文化的春天

祝春林

在深入学习贯彻党的十八大和十八届三中全会精神、大力推进文化强警战略的重要时刻，《江苏公安作家丛书》编辑出版了，这是江苏公安文化建设取得的又一显著成果。

公安工作的根基在基层，公安文化的根基也在基层。多年来，各地公安机关在坚持政治建警、从严治警的同时，牢固树立文化育警理念，积极探索具有时代特征、体现警察特色的公安文化建设新路子。各级公安文联紧紧围绕公安中心任务，积极开展丰富多彩的文化活动，努力培养公安文艺人才，为推进公安文化建设做了大量卓有成效的工作。江苏公安文联成立六年来，在江苏省公安厅党委的坚强领导下，确立了“打基础、上台阶、求发展”的工作思路，积极发挥职能作用，制定了一系列规章制度，成立了五个门类的专业协会，实现了十三个地级市公安文联组织的全覆盖，赢得了各级领导的充分肯定和基层民警的普遍赞誉。

这次编辑出版《江苏公安作家丛书》，是江苏公安文联推进公安文化建设、繁荣公安文学事业的一项重要举措，既是对最近一个阶段江苏公安文学创作的一次汇集和展示，又是对今后江苏公安文学发展的一次激励和引导；既是对基层公安文学人才的扶持和帮助，又是对涌现更多公安文化人才的期待和呼唤。相信本书的出版，能对宣传江苏公安在新一轮平安建设中取得的重大成就、进一步弘扬人民警察核心价值观、增进社会各界对公安工作的理解和支持发挥重要作用。

十八届三中全会吹响了全面深化改革的号角，也对文化体制改革和发展作出了全面部署，社会主义先进文化包括公安文化正面临着难得的历史发展机遇。衷心希望江苏公安文联进一步提高文化自觉，增强文化自信，牢牢把握先进文化的前进方向，大力支持、积极鼓励、正确引导公安文学创作，努力为广大公安文艺工作者创造良好的创作条件和环境，推进公安文艺创作和公安文化建设的大发展、大繁荣。热切期望广大公安文艺工作者在继承优良传统的基础上，坚持解放思想、与时俱进、推陈出新，创作出更多、更好的具有强烈时代特征和警察行业独特魅力的、思想性和文学性俱佳的精品力作。

我们期待，江苏公安文化繁花似锦、万紫千红的春天早日到来；我们深信，江苏公安文化一定会成为全国公安文化百花园中的一派壮美秀色。

是为序。

2014 年 10 月 10 日

（序作者系全国公安文联主席）

目 录

第二辑　让梦想照进现实　/ 73

第三辑 拨开云雾见日明 / 141

第一辑　乘上歌声的翅膀

一个基层民警的梦想[①]

作为一名普普通通的基层民警，也许，最大的愿望便是能到公安部春晚演出现场，与部领导、全国公安英模代表同场观看演出，真实感受晚会现场的韵味与激情。只是，每年去北京观看公安部春晚的名额实在是有限，远远满足不了全国二百万公安民警的需求。可谁能想到，我这样的梦想，竟然在2008年岁末的一天，奇迹般地成了现实——时任全国公安文联网站文学版主的我有幸受到了全国公安文联的邀请，赴北京观看“2009年公安部春晚：万家灯火平安夜”。欣喜之余，我向北京的朋友们发去了短信。他们无一例外地回复：“北京欢迎你!”

圣诞夜，心中怀着一份感动，我登上了无锡至北京的动车。伴着列车驶过钢轨的隆隆声，一缕朝阳悄悄地从车窗照射进来，熟悉的皇城根又一次出现在眼前——与2007年年初我接到新浪网的邀请，以“新浪论坛十佳版主”之一的身份赴京参加其十周年庆典，差不多有两年之隔。也就在那次活动之后，我渐渐淡出

---

① 原载于2009年第3期《警察文化沙龙》杂志。

了网络文学创作，沉下心来进行公安文学创作。2008 年年初，我出版了公安题材的散文集《铿锵玫瑰》，年末又先后加入了江苏省作家协会和全国公安文学艺术联合会。而这两次北京之行，恰是证明了我从网络文学创作到公安文学创作的转型。

入住公安部招待所后，我们这些来自天南海北的版主代表终于从虚拟的网络世界走进了真实的现实生活。我们当中有来自重庆的公安诗人林涛，有来自浙江绍兴的小说写手山溪小虾，还有来自昆山公安的谢访，等等。虽然未曾谋面，但是我们彼此神交已久。我们顾不上车马劳顿，一起聊文学，聊网络，聊得热血沸腾。

当日，吃过晚饭，我们早早地就来到了位于北京工人体育场的公安部春晚录制现场。当我步入灯火辉煌的现场，与佩戴着密密麻麻的勋章的公安英模们擦肩而过时，一种强烈的庄严、神圣的感觉从我的心底油然而生。我不由得放慢了脚步。我发现自己是如此渺小，如此微不足道！此刻能与这些为公安事业流血牺牲的共和国功臣们同场观看演出，对于我这样的无名小卒来说，是何等的荣耀啊！

晚会开始了。参演的明星阵容强大。央视的朱军、董卿与两位公安主持人联袂上台，宋祖英、孙悦、黄晓明、祖海等众多明星倾情加盟，汶川地震英模代表蒋敏、蒋晓娟、李跃进、“敬礼娃娃”郎铮等参与互动。其中，奥运安保、汶川抗震题材的小品，均是一线民警本色表演，语言质朴真挚，情节贴近现实，举手投足间带动了现场观众的情绪。其中有一个情节是奥运安保结束后，基层领导装扮成记者采访一线民警。领导问：“你最想做的一件事是什么?”执勤民警脱口而出：“我想睡觉。”简简单单的几个字，却是警察这个职业群体无私奉献与默默坚守的真实写照。在进行奥运安保的那些日日夜夜里，全国二百万公安民警高强度、超负荷地进行工作。若不是身为其中的一员，根本无法理解他们的奉献与付出，更不可能贴切地表达出这样的情绪。这时，演员表演到了动情处："其实，国际奥委会漏颁了一枚奖牌，那就是奥运安保的奖牌！"场上响起了经久不息的掌声。

另一则以汶川地震为题材的小品，讲述的是一个发生在抗震前线的真实故事。孩子就要降临这个世界了，孩子的爸爸——一名援川警察，此刻正坚守在灾区一线。一根电话线维系着千里之外的音信。终于，捷报传来，母子平安！那一声清脆的婴儿啼哭声，昭示着众志成城、坚不可摧的民族脊梁，也昭示着警民携手共建家园的必胜信心。

晚会的传统保留节目是全国一百对新婚民警的集体婚礼。一对对新人手牵着手走上舞台，洁白的婚纱、藏蓝色的警服，舞台上空纷纷扬扬地飘舞起火红的枫叶，背景大屏幕上，定格了一对对新人灿烂的笑脸。庄严、圣洁，祝福、期待……此刻，我的心情尤为激动。晚会上"六对金婚、银婚的民警夫妇祝福新人"的创意，是采纳了我在公安部宣传局网站研讨区的一个建议。当时我在网上说："刚才看到宣传局网页上在征集2009年公安部春晚参加集体婚礼的新婚夫妇。忽然有个设想：老三篇能不能旧貌换新颜？比如征集几位金婚、钻石婚的警察夫妇，鹤发童颜，相濡以沫，说说他们的坚贞与相守、祝福与期待，讲讲他们的故事，不是也挺有意思吗？"没想到这个建议得到了宣传局文化处领导的关注："我们会将你的意见告诉领导的。呵呵，希望你能多出好点子！谢谢！"

只是一名基层民警的声音，却得到了公安部宣传局领导的关注！如果没有网络，这恐怕是我一辈子都不敢奢望的事情。而正是公安部领导对公安文化的重视，让我这样一名普普通通的基层民警有了更多参与学习和交流的机会，也让我的梦想成为了现实，与2009年公安部春晚有了这个"约会"！

乘上歌声的翅膀

2010年8月至9月底，我有幸被公安部政治部选调参加“公安文化基层行”文艺小分队的活动。活动期间，我被借到公安部宣传局文化处，负责编辑有关文艺小分队赴基层慰问活动的稿件，以及在网站、微博上进行宣传等工作。

9月4日，文艺小分队结束了在江苏的行程，开始了安徽站的慰问之行。当日上午，我跟随文艺小分队安徽站领队王乃峰一行，从北京启程，飞抵安徽合肥。这也是我从幕后走上前台，与小分队的第一次亲密接触。这一刻，我期待已久。

中午十二时三十分许，我们顺利抵达合肥机场。迎面扑来的是雨后温润的气息。在安徽同行的陪同下，我们很快便抵达了住宿地——安徽省公安厅警卫局训练基地招待所。一条清澈的小河从门前流过，四周绿树掩映，闹中取静，让人有恍然远离尘世喧嚣的惬意。一进房间，便见桌上放着一册小分队在皖慰问演出的指南，上面不仅有详细的行程安排、人员分工、联络方式，而且有安徽地图，甚至有未来几天的天气预报等资料。在当天的欢迎会上，我注意到，每个人面前的席位卡上，都印有徽派标志物——迎客松、马头墙，让人不由得暗自叹服安徽同行务实、细致的工作方式。

一、又见大别山

在皖西南边陲、大别山北麓的崇山峻岭中，坐落着一个叫金寨的革命老区。这里地处鄂豫皖革命根据地，曾先后爆发了著名的“立夏节起义”和“六霍起义”，走出了五十九位共和国开国将军。歌曲《八月桂花遍地开》、《再见了大别山》就是从这里唱响的，传遍了九州大地。

当地的同行得知我们公安部文艺小分队来慰问的消息之后，精心挑选了两个节目参与互动：六安市公安局特警支队带来了表演唱《男儿当自强》；一名金寨小学生与小分队队员互动，演唱《八月桂花遍地开》。同时，金寨的同行希望小分队能唱一曲《再见了大别山》。当负责打前站的队员陈乐反馈来这个信息时，担纲小分队导演的易坚东犯了愁。队员们都是年轻的“70后”、“80后”，没有人会唱这首老歌。可一想到老区同行殷殷的期待，易坚东的心里就有些不踏实——到了大别山，如果不唱这首老区群众耳熟能详的红歌，享有“警营心连心艺术团”美誉的小分队就会留下遗憾！

只剩下不足一天的时间了。面对严峻的挑战，易导斟酌再三，向“红歌会”比赛第七名得主，来自昆明铁路公安局的杨文彬下达了命令，让其到网上找曲谱，现学现唱。就算是清唱，也得在老区的舞台上唱响这首歌！

9月5日，小分队在合肥连续进行了两场慰问演出。9月6日一早，队员们来不及休整，便匆匆奔赴了新的征程。连日的车马劳顿，加上连续一个月的高质量、高强度的演出任务，在超负荷的演出压力下，队员们的体力严重透支。沿途不断有队员负伤、病倒，可刚打完点滴，他们就又打起精神，生龙活虎地出现在舞台上。

在行车途中，我注意到，队员们无暇欣赏窗外旖旎的皖西风光，纷纷闭目养精蓄锐。唯有临阵受命的杨文彬丝毫不敢懈怠，戴着耳麦一遍又一遍地熟悉着歌曲的旋律。

临近中午时分，满载着小分队队员的大巴车经过近二百公里的长途跋涉，终于抵达了掩映在连绵山峦中的革命老区。在金寨县公安局门口，当地同行用鲜花盛情迎接我们这些远道而来的客人。面对老区人民的炽热真情，队员们忘掉了连日来的疲倦。

匆匆吃过午饭，来不及休整，队员们便开始为下午的广场演出忙碌起来。在来自海南边防总队文工团的萨克斯手李俊高擎的火红队旗的引领下，一行人拾级而上，向着三百级台阶高的红军广场进发。

我们抵达山顶时，不由得被眼前的恢宏气势震撼了！临时舞台搭建在金寨县红军纪念堂前。纪念堂呈“红军八角帽”结构，象征着红军精神永放光芒。舞台背景是气势磅礴的金寨县革命烈士纪念碑，二十四米高、汉白玉浮雕的纪念碑上镌刻着刘伯承元帅亲笔题写的“燎原星火”四个镀金大字。阶梯形的观众席上，金寨县的各界群众以及来自六安市公安局的民警等一千余名观众，手中挥舞着一面面写有“请公安部放心”、“请党放心”、“部党委和基层民警心连心”等字样的旗帜，用老区人民特有的热情迎接小分队的到来。而远处是峰峦叠嶂组成的天然帷幕，几许巍峨壮观，几许庄严肃穆。置身于此情此景中，让人有些恍惚，似乎在重温当年红军为革命驰骋疆场、冲锋陷阵的场面，内心涌起一种莫名的感动。

八月的江淮，正值“秋老虎”肆虐。这一天的气温居高不下，地表温度超过了40℃。火辣辣的太阳照在身上，人就像在蒸笼里似的。小分队的队员们到了广场上，立刻进入了演出前紧张的准备状态。队长黄纪清客串起了摄像师，用 DV 记录着小分队一路踏歌而行的精彩花絮。导演易坚东包揽了琐碎的剧务工作，在一旁摆放小品道具、测试话筒、指导演员走场。音响师黄美雄心无旁骛地一头埋进了调试话筒和音响设备的工作中。几名男队员则早早地换上了帅气的特警行头（这是为开场歌舞《辛苦啦》准备的演出服）。可是，仅一会儿的工夫，他们便像掉进了河里似的，衣服都能拧出水来。在烈日的暴晒下，女队员们的妆容很快被满头满脸的汗水弄花了。她们时不时地拿出镜子，认真地补妆。

这时，易导担心演唱《八月桂花遍地开》的当地梅山二小学生廖文墨小朋友怯场，便拉着小姑娘闲聊起来，看似随意地提醒着演出时的注意事项。而小分队队员徐佳，则在一旁不停地替小姑娘扇扇子、擦汗、整理刘海儿。

很快，演出开始了。

随着《辛苦啦》开场旋律的响起，小分队队员激情四射地喊了一句“你们辛苦啦”，让现场的六安公安民警真切地感受到了来自首都北京、来自公安部党委的殷切关怀。

“八月桂花遍地开，鲜红的旗帜竖啊竖起来。张灯又结彩呀，张灯又结彩呀，光辉灿烂闪出新世界……”舞台上，廖文墨小朋友用清脆、稚嫩的童音唱起了《八月桂花遍地开》。那动人的歌声和优美的旋律，将当年革命根据地人民豪迈的情绪演绎得淋漓尽致。全场顿时掌声雷动。

“五星红旗，你是我的骄傲。五星红旗，我为你自豪。为你欢呼，我为你祝福。你的名字，比我生命更重要……”队员肖江走到老区人民中间，一曲豪情万丈的《红旗飘飘》，唱出了人民警察的无悔誓言，将现场气氛再度推向了高潮。

“清风牵衣袖，一步一回头。山山岭岭唤我回，一石啊一草把我留。啊，再见了大别山！你牵去我的一颗心，我要把你铭记在心头……”随着《再见了大别山》熟悉的旋律在场上响起，现场观众也禁不住轻声唱起来。队员杨文彬借机邀请来自金寨的何旭云、熊守升两位民警同台一展歌喉：“相逢又分手，握别众老友……”这一刻，歌动人，情更深，美妙的旋律为大别山插上了彩翼，捎来了公安部党委的诚挚关怀，带走了老区人民的暖暖真情。

在歌声、欢笑声和掌声中，观众手中挥舞的千余面大大小小的五星红旗汇成了红色的海洋。此时此刻，队员们忘却了酷热，忘却了疲倦。情至深处，队员们纷纷走向那些常年坚守在基层一线的老区民警，献花、致敬！热情、朴实的老区人民则把最热烈的掌声、最灿烂的笑容、最美好的祝福送给了小分队的队员们：“OK！公安部文艺小分队！”“我爱你，小分队！”这一刻，警民和谐的真情暖流在每个人的心中流淌。

二、“大山老警”的快乐

“两年前，从县城到斑竹园派出所需要四个小时的车程，交通很不方便，常常一两个月才能回一次家。现在，这里通了高速，出入可就方便了。”这是一名“大山老警”的感慨。

9月7日上午，文艺小分队兵分两路：一队人马前往安徽省金寨县红军纪念堂凭吊革命先烈；另一队人马前往九十公里外的大别山北麓腹地，鄂、豫、皖三省交界处的斑竹园派出所进行慰问演出。我跟随慰问演出的队伍出发了。

汽车在皖西的崇山峻岭中行驶了大约一个小时，刚驶下六合高速的匝道，路边便突然噼里啪啦地响起了鞭炮声。

“哦，有喜事吗？”昏昏欲睡的队员们被惊醒了，纷纷好奇地向车窗外张望。可是，除了崎岖的山路以外，什么也看不到。过了一会儿，我们发现前方的街道上站满了群众。他们见我们来了，便点燃了烟花。绚烂的烟火腾空而起，我们这才意识到，原来这是特意为我们准备的！

离目的地越来越近，锣鼓声、唢呐声震耳欲聋！队员们在当地同行和老百姓的鲜花和掌声中，走进了斑竹园派出所的大门。并不宽敞的院子里早已挤满了前来观看演出的村民，就连围墙上都黑压压地趴满了群众。

“哦，太让人感动了！我们可要用最好的演出来感谢这些可亲可敬的乡亲！”“一首歌不够，唱两首！”“嘿，节目不够！我多表演几个魔术。”队员们七嘴八舌地说道。

来自西藏边防的徐佳，以一曲天籁般的《青藏高原》博得了现场雷鸣般的掌声。接着，她那声情并茂的《天路》，再度让现场的观众折服。

于培华老师精湛的口技、魔术互动表演，给现场观众带来了快乐与轻松。“如果你们喜欢我的节目，就用右手拍拍左手！如果你们不喜欢我的节目，就用左手拍拍右手！”于老师诙谐幽默的话语，惹得全场掌声、欢呼声一浪高过一浪。这时，我注意到了一个腰鼓队的小姑娘。每一次鼓掌，她都先认真地把右手举得老高，再使足了劲儿向左手拍去。不仅如此，她还格外认真地纠正旁边的男孩儿：“一定要以右手拍左手哦！”哈哈，我理解这些天真烂漫的孩子！他们想用这样的方式表达对小分队的喜爱。

当慰问演出进行到高潮时，观众的情绪被带动起来了。一群活泼可爱的孩子争先恐后地跑上舞台，为小分队队员伴舞。而台下的观众，则跟着音乐的节拍不停地摇摆，并挥舞着手中的红旗，为队员们喝彩！

在现场，我注意到，有很多村民神情专注地用手机录制节目。采访中，一名村民告诉我，看了小品《东边日出西边雨》之后，他才知道民警的工作确实很辛苦。看了小品《别开“声”面》之后，他明白了，天上没有掉馅饼这样的好事，这使他的防范意识有了提高。他认为，以后要多进行一些这样的演出，演出的范围要更广一些。他说，回去之后，他要把这些照片和视频发给家人和朋友们看。

“观众的掌声代表了一切！没说的，一个字——好！”现场的一名老警告诉我，他是斑竹园派出所的老所长，现在被调到了其他派出所工作。这次，他听说公安部文艺小分队来斑竹园慰问演出，便应邀回所里来观看演出。他说，能亲身感受公安部党委对基层民警的这份关怀，他真的很感动，也很自豪。他乐呵呵地说，他拍了很多照片，回去后传到派出所的网站上，和因工作而没有机会来现场观看演出的同事们分享这份快乐和感动！

三、为英雄的母亲献歌

这是一位英雄的母亲。

2010 年 7 月 29 日晚二十二时许，一把罪恶的尖刀刺向了一名年轻的警察——安徽省繁昌县公安局横山派出所民警张磊。

他爬行出一条血路，奋力追赶着这名背负着两条人命的命案凶手。一米、两米、五米……三十米，他终因体力不支，倒在了血泊中。

在弥留之际，他对战友说的唯一一句话就是：“凶手抓到了吗？”

他心有不甘——他不能走，还有很多工作要做。

可是，死神却无情地带走了他。

他的生命永远定格在二十三岁的青春韶华。

他出身于公安世家，参加公安工作快两年了。

这一年的10月1日，是他结婚的喜庆之日。可是，他却把背影留给了他的新娘。

忠贞不渝的爱人说，她要在灵堂前完成他们的婚礼。她说，她会接过接力棒，报名参加招警考试，完成他的遗愿。

2010年7月18日，繁昌县横山镇发生了一起命案，嫌疑人高某将一对邻居夫妇刺死后潜逃。7月29日晚二十二时许，横山派出所民警张磊和同事在蹲守时发现了畏罪潜逃的高某，便立即追了上去。在与嫌疑人的搏斗中，张磊身负重伤。

张磊爬起来，忍痛追出了三十米，终因体力不支倒下了。在被送往医院的途中，张磊同志不幸牺牲了。后来，犯罪嫌疑人高某被民警擒获。

在这之前，张磊有两个多月没有回家了。他总是在电话里充满歉疚地对母亲说："妈妈，我这里太忙，实在走不开。"恋爱多年的女友和他生闷气，他的母亲下了"最后通牒"："儿子，你无论如何都要抽空回家一趟。我准备和亲家见个面，把你们的婚事定下来。"可谁知，7月25日这一天，他与双方父母的正式见面，竟成了最后的诀别。

9月8日上午，我们小分队一行从芜湖市出发，前往繁昌县公安局横山派出所。路上，当地同行介绍说，这是英雄张磊生前工作过的派出所，并透露，张磊的父母也来到了慰问演出的现场。这个临时调整，让我们有些措手不及。当我们走进这个英雄生前所在的派出所时，顿然感觉到了空气中的那份凝重。

小分队队长黄纪清临时调整了节目单，先抑后扬，让大家在缅怀英雄的同时，振奋精神，高歌走向未来！定下了这场慰问演出的基调后，队员贺国辉上场，献上了一首《母亲》。触景生情的英雄母亲控制不住自己的情绪，泪水夺眶而出。面对此情此景，正在候场的队员张议内心很是纠结。为英雄的母亲献歌，捎去部党委的关怀，是每一名队员的愿望，可是此刻，她的情绪却受到了影响。这对于一名歌手来说，可是大忌。于是，她努力控制着自己的情绪。

终于轮到她上场了。她走到英雄张磊的父母面前，深情地唱起了《握住你的手》。可刚一张口，她便哽咽了，泪水顺着脸颊流淌下来。这一幕场景感动了在场的每一位观众，大家发自内心地鼓起掌来！

当日十六时许，位于芜湖市的安徽师范大学礼堂里警歌嘹亮，一曲激情饱满的《中国警察》，吹响了打击犯罪、维护社会平安的号角，唱出了全国二百万民警的共同心声。这时，主持人温耀龙从舞台上走了下来。追光灯下，他请出了坐在第一排观众席上的两位长者。他强忍住内心的悲伤，缓缓地面向观众："其实，下面这个环节，我很不想进行……"这样说的时候，他的眼里闪烁着晶莹的泪光。

"妈妈以你为荣……儿子，如果有来生，我们还做母子。如果有来世，妈妈还送你去当警察！"在主持人进行现场采访时，英雄张磊的母亲几度哽咽，却依旧坚强。我注意到，张磊的父亲紧紧地握住了妻子的手。我知道，这是一双温暖的手。正是这坚实臂膀的呵护，才有了英雄张磊精彩的人生定格——为了人民警察的忠诚誓言，甘愿牺牲年轻的生命！

只是，当坚强的母亲平静地说出这样一段话时，她的内心深处会是怎样的一种哀伤？在一旁拍照的记者们，都忍不住流下了热泪。男儿有泪不轻弹，只因未到伤心处！此时此刻，现场观众无不沉浸在深切缅怀英雄的哀思中。

这时，舞台上灯光渐亮，由繁昌县公安局自编自演的《我们的英雄张磊》，以诗朗诵、舞蹈、音乐等表现形式，再现了英雄壮烈牺牲的经过。

这一天，张磊的英雄事迹感动了小分队的队员们。这一天，英雄母亲的坚强震撼了小分队队员们的心灵。这一天，芜湖公安民警顽强拼搏、勇于奉献的精神，让小分队的队员们接受了一次“血与火”的心灵洗礼！

台前的你，幕后的他

日子过得飞快。从安徽返回北京，转眼已十余天。每天面对的是匆忙而冗杂的事务——从文艺小分队在各地慰问演出的新闻通稿、随笔纪行，到“公安文化基层行”新浪官方微博的维护——审核，编辑，更新稿件、图片，答疑解惑，通常每天都得挑灯夜战。这几天来，内心也总有一种迫切。我知道，那是耳闻目睹小分队队员的幕后故事，让我此刻有了迫切提笔的欲望。

——题记

一、我的团长我的团

提起小分队队长黄纪清，该从见面的那一刻说起。

2010 年 9 月 4 日下午，在安徽省公安厅警卫局训练基地招待所，我与来自上海市公安局消防总队文工团的黄纪清团长有了第一次接触。他是我见到的第一位文艺小分队成员。当时，我拖着两只沉甸甸的大箱子，从北京赶来合肥会合。箱子里装满了队员们御寒的衣服，以及演出时互动环节赠送给观众的礼物。

在招待所的房门口，我看到了穿着汗衫、短裤，趿拉着拖鞋的他。他看到我时，一个劲儿地解释：“不好意思，刚才在休息，穿得太随意了。”这让我多少感到有些意外。

再见面，是在傍晚，小分队队员集合之前。我是临时加入团队的，在集合前连敲了几名队员的房门，都吃了闭门羹。我发现自己一下子找不到“组织”了。

情急之下，我拨打了小分队撰稿人闵令文的手机。可是，电话拨通后，被立刻挂断了。很快，小闵发来短信：黄团在给我们开会。我急忙赶到会场，发现此刻黄纪清团长已换上了一身制服，正严肃地提醒队员们各种注意事项，而队员们则没有随意嬉笑的。这让我不免心生畏惧。

第二天，小分队在合肥接连进行了两场慰问演出，受到了当地同行的热烈欢迎。晚上，在返回住地的大巴车上，在小分队队员徐佳、李洪亮等人的提议下，大家玩儿起了“歌词接龙”，以消除连日来高强度演出和急行军带来的疲倦。此刻，我注意到，在队员们的欢声笑语中，黄团长原本严肃的脸上露出了笑容。这忽然闪现的微笑，让我萌生了对他的好奇。于是，我把目光更多地投向了这位默默工作在幕后的小分队队长。

在随后的几天里，我注意到，眼前这个事无巨细，甚至有些婆婆妈妈的黄团长，正以他特有的人格魅力不断地感染着我，让我此番安徽之行有了更多的感动和收获。

每天早上，黄团长都会准时通过电话把大伙儿叫醒。每天晚上，他则会及时与队员们沟通第二天的行程安排。遇到临时变更，他便会不厌其烦地逐个打电话通知。上了车，他是“团队保姆”，负责清点人数，照顾好每一位队员。演出期间，他兼任摄像师、剧务，甚至临时客串导演。细心的他，常提醒新队员演出时应注意的细节。比如，遇到热情观众献花，如果唱的是老百姓的歌，就把鲜花敬献给现场的群众；如果唱的是警营的歌，就把鲜花献给那些普普通通的民警。再如，致谢时，一定要注意前后语句顺序。还有，演出时，得穿演出鞋，不能穿凉鞋……

在安徽的最后一场专场演出，因演出场地设在礼堂，后台相对集中，所以我有了更多与黄团长接触的机会。在忙忙碌碌中，我们有了断断续续的交流。他告诉我，自 8 月 5 日从北京出发，小分队已经行走了一个多月，途经七个地方，进行了五十余场慰问演出。在此期间，队员们有因伤病而退出的，也有因工作需要而提前回去的，大伙儿的情绪难免有些波动。要想管理好这样一个“成员来自四面八方、不同警种”的团队，不是件容易事。必须有严格的制度，令行禁止。这些天来，队员们确实很辛苦，很疲倦。现在，看到大家精神状态非常好，充满激情和斗志，他很欣慰。

我忽然明白了眼前这位有着严谨军人作风的黄团长所承担的责任与压力。这个时候，他和他的队员们的一言一行，代表着“公安文化基层行”文艺小分队的形象，也代表着全体公安民警的形象。一路行走，小分队的作风和展现出的姿态，对基层公安民警来说，具有榜样的力量，而对于普通百姓来说，这便是传递了和谐警民关系的浓浓真情！

二、舞台灵魂的塑造者

如果说小分队队长的任务是扮演“团队精神领袖”的角色，那么导演的任务便是“塑造舞台的灵魂”。

一场出色的演出，必然要有一条“精神的主线”。剧目再优秀，没有精心安排的节目流程，就会如同散落一地的珍珠。而每个地方的风土人情不同，公安工作面临的状况也不同，所以节目编排、结构框架等便不能雷同。在“世博安保”的前沿阵地上海、浙江、江苏进行慰问演出，就得有世博会的元素。在大庆，则少不了“铁人精神”。而在嘉兴南湖，自然是“红色主题”。在西柏坡，要重温入党的誓言，缅怀那些为了革命胜利而鞠躬尽瘁、流血牺牲的先烈。

易坚东导演很忙。演出时，他忙着剧务工作，忙着调动现场观众的情绪。演出结束后，他为了安排下一场演出，提前进入会场，布置舞台，调试灯光、音响、视频等。他常常忙碌到凌晨三四点钟才合眼，但天一亮，他便会精神抖擞地赶赴新的“战场”。他就像高速旋转的陀螺一样，一刻都不能停。

8 月 30 日，当小分队一行人抵达江苏南通时，当地的同行们恳请小分队在慰问演出中临时加入一个音诗画节目，以缅怀四天前，即 8 月 26 日，在工作中遭遇车祸牺牲的南通市公安局刑警支队支队长顾瑛同志。

第二天晚上就要到启东市演出了，可诗歌、配乐、视频等还是空白！这无疑是一项艰巨的任务。可小分队是一支具有凝聚力、斗志昂扬的队伍，能临阵脱逃吗？在易导的精心筹划下，负责撰稿的闵令文挑灯夜战，连夜赶出了诗歌。接着便是配音乐、配朗诵。制作视频的工作十分烦琐，得一个画面一个画面地去剪辑。“在平凡的工作岗位上，展示英雄光辉的一生，刻画那些沉着稳重、真实生动的细节。”定下这个基调后，当地公安民警连夜赶制起视频来。第二天，会场的大屏幕上出现了顾瑛同志当年受到国家领导人的亲切接见、一次次侦办大案要案时的场景，出现了老百姓争相扶着英雄的灵柩，痛哭着送别的一组组画面，在音乐和诗朗诵的烘托下，强烈地震撼了在场观众的心，人们无不掩面而泣。

小分队在一路慰问演出的过程中，常会遇到各种各样的情况。每一次这样的经历对于易坚东来说，都是一次新的挑战。在浙江安吉进行慰问演出时，当地电视台进行电视直播，现场观众突破了三万人。易坚东那一天忙得就像“跳蚤”，左耳塞了与小分队联系用的四个信号的耳麦，右耳则塞了十个信号的耳麦——那是与当地电视台衔接用的。结果那一晚，易导的脑袋几乎要被震爆了！这么多信号，你一句，我一句，是怎样的一番嘈杂！

在大家眼里，导演易坚东可以说是每场演出时最忙碌、最紧张的一名队员。他的工作永远在幕后，舞台灯光照射不到的地方。演出时，台前虽然是轰轰烈烈、精彩纷呈，幕后却常常是乱作一团。谁管道具？用几个话筒？什么时候释放烟雾？灯光、音乐什么时候切换？这个时候，往往需要具备音乐人素质的他，根据现场的情况和观众的情绪来进行调节，一个环节一个环节地去把握、去落实。常常见他前一个节目时还在后台提醒演员注意事项，到了下一个节目时，又在音响、灯光的角落里全神贯注地打着手势，提示工作人员准确把握切换节奏。

三、一面永不褪色的旗帜

年近六旬的于培华老师是小分队队员中年龄最大的。时任海南边防总队文工团副政委的他，台前台后留给我的印象就像随和朴实的兄长，不仅丝毫没有架子，还时时处处做着队员们的表率。

每次上场，于培华老师都能应观众的要求，模仿各种动物的声音。他诙谐精彩的口技表演博得了观众的阵阵掌声和欢笑声。而表演完精彩的口技，面对意犹未尽的观众，于培华老师往往会再表演一个魔术。这个时候，他会邀请观众上台参与互动。他愣是以精湛的演技，在众目睽睽下，一次次成功地表演了“穿越术”。当然，也出现过意外。在金寨表演时，突然闯上台来一名中年男子，一边吹口哨，一边说要与于老师比试口技。于老师从这位“不速之客”身上嗅出了酒气，心里明白这个时候拽他下台，会适得其反。于是，他灵机一动，索性邀请他参与互动表演。很多在场的观众还以为这是事先安排好的互动节目呢！在主持人温耀龙的巧妙化解下，这名男子很快被体面地请到了台下。

在小品《别开“声”面》中，有一个潜伏在诈骗团伙内部做“卧底”的警察角色，戏份不多，却不可或缺。如果特意配演员，显然会增加小分队的人员配置。于培华老师二话没说，把这跑龙套的角色给揽了下来。小品演出过程中，我常常注意到，在烈日的暴晒下满身汗渍的于老师总是早早地准备好演出用的矿泉水、啤酒罐等道具，神情专注地在场侧候场，恰到好处地抓住时机上台。虽然这是一个很不起眼的角色，没几句台词，但于老师每次表演都很投入、专注。每一个眼神，每一个动作，他都很认真地去表演。事后，他告诉我，这是他第一次参加小品演出——对于小品表演，他还是新人。

跟随小分队进行慰问演出，对于我来说是学习之旅，更是收获之旅。从当地公安民警身上，我学到了很多优秀的品质：工作严谨、踏实、细致，待人热情、诚恳……我深切地感受到了英雄母亲的坚毅、和谐警民关系的浓浓情意……各地公安民警用歌声和祝福演绎了一段段感人的故事！他们的忠诚和坚守一次次地感动着小分队队员们的心，让他们在巨大的演出压力下，有了坚持的动力和源泉。同样，在小分队队员们身上，一个个感人的故事深深地打动了我：有膝关节患“滑膜炎”，刚动完手术，上台前打了封闭，仍咬牙坚持表演的广州民警刘青玲；有岳父去世，却坚持表演完当天的节目才赶回去办丧事的济南民警王雪飞；有家里的娇妻挺着大肚子需要照顾的温州消防警官肖江和苏州公安民警刘嘉赫；有在四川映秀遭遇泥石流冲击，交通受阻半个月的情况下，想方设法打通出入通道，将小分队选调歌手送出卧龙特别行政区的森林公安民警刘兴林；还有那些生病倒下却坚持前行的队员……由于时间关系，我来不及写更多的人……来不及写那些有着激昂、高亢的歌喉或有着天籁般美妙音色的歌手，出类拔萃的主持人、小品演员、音响师，还有白天忙采访、晚上忙撰稿和整理照片的宣传报道组成员，以及负责打前站的队员们。在这里，暂且让我摘用“公安文化基层行”新浪官方微博上的一段真情留言为本文结尾：

平安芜湖：公安部“公安文化基层行”文艺小分队慰问芜湖的演出已经结束。望着你们匆匆奔向福建的背影，我代表芜湖警察向你们致敬，感谢你们！是你们用这样一场演出，化解了这段日子以来许多民警内心的压抑与对英雄的怀念。祝你们一路顺风，身体健康！很不舍，但我相信，我们相聚终有时！

月是今宵圆

一

秋夜微凉。

2010 年 9 月 22 日，中秋节。凌晨，公安部宣传局文化处的一间并不宽敞的办公室里，依旧是人声鼎沸。在时任公安部宣传局文化处处长、现任宣传局副局长的孙洁同志的主持下，由十余名来自全国各地的公安导演、撰稿人组成的策划团队，正忙着筹备“公安文化基层行”的汇报演出。这是小分队五年来三次出征的 次综合性成果展示。大伙儿集思广益，你 句，我 句，气氛格外热烈。这一天，著名公安诗人艾明波特意从黑龙江赶来。半夜，他刚下飞机，甚至来不及放下行李，便直接赶到团队报到，承担起总撰稿的职责。

此刻，总导演张恭豪时不时地会想起些什么。他叮嘱各位同仁，须尽快办结各自的事务，诸如为晚会串词、写专题片台本、整理新浪微博留言、选摘内网民警感言、核定场次和人员、甄选照片、图像等。他个子不高，站在人群中毫不起眼儿，可他却是央视著名导演，执导过近百场晚会。在他的跳跃性思维下，“金点子”火花不断。直到凌晨两三点钟，大伙儿才陆陆续续地散去。而我，则趁着安静，赶紧整理刚从河北发来的慰问演出综述等稿件。忙完手中的活计，我来到通往公安部招待所的匝机口。大屏幕上，大头照的定格时间是凌晨四点钟。

这些天来，日子实在是过得有些混乱，常常想不起来这是哪一天、星期几。而我知道，这些默默地坚守在幕后的工作人员，虽然舞台的灯光永远照不到他们身上，但他们每一个人都是尽心竭力的。大伙儿早已把小分队当成了自己的家，几乎每天都在办公室里忙碌到深夜。来自江西的谢昌明导演，为了制作视频，已连续在机房熬了数个通宵；来自广东边防的陈乐，连夜组织从各地抽调来的四十余名舞蹈演员排练曲目；来自苏州的刘嘉赫，很快便从“打前站”的角色转换成了导演助理的角色，负责全面协调、收集资料等；来自广州的袁瑰秋，为了晚会的台本通宵达旦……此刻我才明白，正是公安文化“润物细无声”的独特魅力，使得来自天南海北的战友们拧成了一股绳。

二

这是一个美丽的夜晚，也是我从警二十多年来感觉最美好的一个夜晚。9 月 22 日十九点三十分许，我们小分队兵分两路，其中一组来到了北京市公安局昌平分局马池口派出所进行慰问演出。此时此刻，在这间并不宽敞的会议室里，歌声、笑声、掌声不绝于耳。昌平公安分局的领导显然也被现场热烈的气氛鼓舞了，主动请缨，即兴朗诵《水调歌头 · 明月几时有》。当那抑扬顿挫、略带磁性的声音在会场上响起时，似乎把这些天来长途跋涉、辗转奔波了十个省的五十余座城市、行程数万公里的小分队队员们的思绪带到了那皎洁的月光下，托明月清风捎去对远方亲人的问候。

小分队队员们表演了轻松愉快的器乐合奏《快乐时光》，演唱了《坐着火车去拉萨》、《举杯吧，朋友!》等节奏明快的歌曲。马池口派出所民警也精心准备了节目。军转干部何洋放声高歌《我们的祖国歌甜花香》；年轻的警员何伟、王金金激情演绎歌曲《燃烧的青春》；卢佳佳、穆荣则声情并茂地朗诵了以该所社区民警张秀明为原型创作的诗歌《酷暑难断从警魂，严寒不冷为民心》："二十五年青丝不再两鬓衰，二十五年鞋底磨穿不言退。清晨，你匆忙投入一天紧张的工作。夜晚，你疲倦的身影默默融入万家灯火。你的汗水，百姓的评说，就是对平凡与伟大最好的诠释!"此刻，我注意到，张秀明这位荣立二等功一次、三等功三次，荣获嘉奖十次的社区民警，神情专注地观看着演出，脸上不时地露出会心的微笑。

面对采访，这位在基层社区摸爬滚打了二十五年的"老警"告诉我，从警这么多年以来，几乎每个春节、中秋等举家团圆的日子，他都没有和家人一起度过。他白天巡逻，晚上忙着进行案件回访等基层基础工作，长年累月地加班加点。他从来没有想过，公安部文艺小分队会到基层一线和大家共度中秋，还带来了这么精彩的节目！他真心希望"公安文化基层行"活动能够更多地举行，覆盖面能够更广一些，能够不断丰富基层民警的业余生活。

这时，来自北京市公安局的孙静上台即兴表演。他曾获第七届 CCTV 小品大赛非职业组一等奖和 2008 年全国公安系统相声小品大赛一等奖。他一上台就抖起"包袱"来："听说小分队要到我们基层派出所进行慰问演出，可把我乐坏了，赶紧来报名，问能不能再加一名队员。小分队领导问我，会表演些啥。我说，会魔术。嗯，还会模仿歌星刘欢……”他那惟妙惟肖的表演，特别是富有感染力的肢体语言，把大伙儿逗得前仰后合，掌声接连不断。

整台晚会持续了两个多小时。在小分队队歌《一路真情》的歌声中，大家依依惜别：“难忘今宵！今夜，我们相聚在一起。此刻，你我情真意切，因为我们有一个共同的名字，叫警察!”这一席临别赠言，将小分队队员与基层民警的心紧紧地贴在了一起!

三

“在这么美丽的夜晚，队员们用精彩的表演走进了基层民警的心田，却远离自己的家乡，远离亲人们。我知道，队员们累了，真累了！队员们想家了，真想家了。”9月22日二十二时，当小分队两组人马分别结束了对北京市公安局昌平分局松园、马池口派出所的慰问演出，回到住地昌平警院时，时任公安部宣传局局长武和平同志亲切地迎接了小分队的队员们，“每一名队员都是一首歌：有每一场演出都是第一个赶到现场，像蜜蜂一样辛勤工作的幕后者；有像蜡烛一样，照亮他人、燃烧自己的无名英雄；有像雄鹰一样搏击长空、经历风雨……今天，我们回到了家里。在这里，让我们纵情欢歌，共度美好佳节!”这一句句充满温情的话语，像一股股暖流注入了队员们的心田，让大家忘却了一路长途跋涉的疲劳，忘却了团圆夜远离亲人的感伤。

为缓解队员们的思乡之情，昌平警院竭尽地主之谊，精心烘焙了一只大大的月饼。队员们分享着月饼，感受着这份来自公安大家庭的温暖，情绪渐渐高涨起来，各自亮出了绝活：萨克斯器乐手李俊吹起了葫芦丝《月光下的凤尾竹》，优美的曲调似乎将大伙儿带到了那美丽的月色下，翩翩起舞；小品演员王雪飞反串唱起了戏剧，诙谐的曲调、欢快的节奏，把大伙儿逗得乐开了怀；小分队队长黄纪清，笛子独奏《妈妈的吻》……最后，武和平局长也被现场的气氛感染了，高歌一曲《送战友》，几许慷慨，几许激昂！

鲜红的小分队队旗伸展开来，大伙儿纷纷在队旗上签上了自己的名字。这一刻，是这轮皎洁的明月，见证了小分队五年来三次出征，风雨兼程地走过的足迹。这一晚，是这轮多情的圆月，见证了队员们彼此间的浓浓情意。

此刻，月正圆，情正浓。

一轮金色满月下，又是谁在踏歌起舞？

在微博中追随“公安文化基层行”

2010年7月30日，“公安文化基层行”新浪官方微博发布了第一条实时动态。这是全国公安机关第一次用微博的形式对公安文化活动进行集中宣传。短短的五十余天时间里，官方微博追随“公安文化基层行”小分队的足迹，从黑龙江漠河辗转沪、浙、苏、皖等地，再回到北京，途经十个省的五十余座城市，进行了六十九场慰问演出，发表图文信息一千四百余条，获网友评论一千二百余条，微博被转发一千余次，新增微博粉丝六万余人。“我们的足迹仍不可能覆盖到全国所有的基层派出所，但我们希望通过网络的形式，让所有的基层民警都能够感受到那份关怀与温暖。”公安部宣传局领导如是说。

2010年8月至9月底，我在值守“公安文化基层行”官方微博及编核稿件的那些日日夜夜，虽然每天面对的是那些无声的文字和图片，但我从镜头捕捉到的那一张张生动的笑脸上，感同身受地分享着快乐与感动，而微博上粉丝们热情洋溢的留言，让我的心情难以平静——

一

“纪念晓明”是“公安文化基层行”官方微博的一名铁杆粉丝。9月10日凌晨，她听说文艺小分队即将返回北京进行慰问演出，便在博客上写道：“20号公安部文艺小分队就要来京演出了。在北京演出五天后，历时三年的慰问演出将画上圆满的句号。很期待啊，因为成员里有我支持的两位红歌手——肖江和杨文彬大哥。”

通过私信沟通，我了解到，她原来是“红歌会”警营唱区的忠实歌迷，喜欢上了肖江和杨文彬的歌，便一路追随着他们的足迹，来到了“公安文化基层行”官方微博。通过关注每天更新的慰问演出照片，她成了不折不扣的忠实粉丝。

我告诉她，北京的几场慰问演出分别在昌平、延庆和平谷等地，路途较远。20日的演出是在昌平警院，交通很不方便。她显得有些犹豫：“哎，安排的地点都太远了，想看偶像的演出有点儿难啊！”

本以为她会知难而退，可谁知她很快就回复了我，说已经查到了警院的地址，晚上回不来，就住在当地的亲戚家。

20日傍晚五时许，在我们一行人赶往昌平的路上，我接到了她的短信。她告诉我，她已经到了会场，如愿见到了杨文彬和肖江两位歌手。

由于这一天下了一天的雨，路上很是拥堵，等我们赶到会场，离小分队慰问演出开场只剩下几分钟了。演出很快便开始了。我忙着拍照，又见缝插针地溜到后台与队员们叙旧。临近晚会结束时，我才发现了手机上的短信：“您是不是一直在台下照相呢？我刚才看到您了——纪念晓明。”

当晚，“纪念晓明”在微博上留言：“北京的首场演出圆满结束，演出很精彩。小分队队员们真的太辛苦了，早点儿休息吧，明天还有延庆的演出。”

23日晚，“纪念晓明”又发了一篇博文：“今天去平谷看了基层行文艺小分队赴北京市平谷区的慰问演出，这也是小分队的最后一场演出。小分队在北京的这五天真的是太短了！在回家的路上，我的眼圈有些红。演出结束了，队员们要返回各自的工作岗位了。确实有些不舍……”

从北京回来后，我仍时常收到“纪念晓明”的信息：“卢姐，这是小分队在2011年公安部春晚上演唱《一路真情》的节目视频。”“卢姐，告诉你一个好消息，我们班原来的同学在学校校庆活动中演唱了《一路真情》。演出很成功，反响很大。最后，校长接见的时候，连说没想到我们选了这首歌，又唱得这么好。我很感谢有微博这个平台，能够更多地了解公安文化，理解公安工作。我会一直支持‘公安文化基层行’，加油！”

二

“福尔摩蕊”是河北医科大学三年级的学生。9月14日，她获悉小分队要去石家庄进行慰问演出，便在微博上留言：“终于到河北省了！咱普通群众可以观看不？”

第二天晚上，她和睡在上铺的好姐妹“珈椰子”一起来到了慰问演出现场。观看完节目，“福尔摩蕊”在微博上告诉我，她从小就特别崇拜警察，看了小品《东边日出西边雨》后，更体会到了警察日常工作的艰辛。现在，她们每天都要来“公安文化基层行”的微博上看看才觉得心里踏实：“谢谢警察叔叔们的演出，让我们了解了警察的另一面。希望以后公安部‘公安文化基层行’的活动能搞得更好，在关心基层公安民警的同时，让群众也多一些机会了解警察群体，拉近警民之间的距离，为公安工作的顺利开展和稳定社会治安发挥积极作用。”

三

“公安文化基层行”的新浪微博有一位特殊的粉丝，她的个人资料是：一位即将退休的休闲老太。

我们关注她，是在小分队在浙江演出期间。“公安文化基层行”的新浪微博上刚更新了“浙江行程表”，就有网友发出疑问：为何没有现场照片？“休闲老太”主动上来介绍说，前一天晚上绍兴电视台播了。

稍后，当我在微博上更新慰问演出的现场图片时，她又主动告诉对方：不是传照片了吗？这个善意的举动，让人很是感动。后来，通过交流，我才知道她是队员阚朝阳的岳母，并因此而了解了一些幕后的故事：就在小分队刚启程时，小阚爱人的奶奶去世了。小阚听到这个消息时，很难过，想请假回去。岳母阻止了他，不准他请假，让他安心演出！

8月25日下午，小分队抵达浙江嘉兴枫桥派出所进行慰问演出。当晚，小分队入住绍兴，离阚朝阳的岳母家所在地——上虞市只有三四十公里的路程。“爸爸、妈妈，我们小分队这阵子实在是太忙了。”小阚说。两位老人十分理解小阚，主动赶到绍兴来看望他：“你们演出任务很重，行程安排紧，下次轻松些再来看我们吧。”因为白天还要上班，两位老人顾不上观看小分队第二天在绍兴的演出，连夜回去了。

在小分队赴基层慰问演出的这些天里，官方微博成了队员们向家人报平安的便捷方式。队员肖江的妻子每天都上来唠几句嗑；主持人温耀龙的家人通过微博了解到了小分队长途跋涉进行慰问演出的幕后故事；还有来自全国各地的公安同行，通过这个平台，时不时地给小分队队员们加油鼓劲。“城口李方政”：“美丽的歌声和舞蹈，体现的不光是个别警察的艺术修养——他们代表的是我们二百万民警的团队。我为他们喝彩，我为他们骄傲，我为他们自豪!”“静心涵泳”：“六安人说，你们送来了公安部对基层的牵挂，带走了老区人对你们的深情。”

四

在“公安文化基层行”的微博维护过程中，难免会遇到持不同观点的网友。要想做好与他们的沟通和交流，除了要有丰富的公安工作经验以外，还要熟悉网络，有网络工作经验。

曾经有一位叫“文化小纸条”的网友在微博上质疑——文化基层行，就是演出吗？演完再吃点儿、喝点儿、玩点儿，是吗？

面对这样的网友，简单地“删帖”不是办法——成千上万个粉丝在看着你呢！得斟酌，然后回复：“文化包括多种元素，是无形的。这些只是文艺小分队的演出场景，仅是一个窗口而已。感谢您的监督与关注，也期待通过这个窗口，有更多交流、沟通和理解。构建和谐警民关系是我们共同的目的。”这样一来，自然就把话题引到了公安文化与警民和谐的关系上来，对方一句“很和谐”拱手言和。

在维护官方微博时，会遇到一些网友的善意批评。某日，网友“水复花明”留言：“刚才看了公安文化基层行的微博，发现整个界面是黑色的，给人一种压抑感。似乎公安部门的微博应该是亮亮堂堂的，或者用红色的界面，与黑色形成鲜明的对比才对。”根据这位网友的建议，“公安文化基层行”的微博很快调整成了带“LOGO”的喜庆红色界面。

如今，“公安文化基层行”新浪官方微博上的粉丝越来越多，话题也越来越广泛，成为了公安文化的风向标。它通过对公安影视、文化活动的及时发布和跟踪报道，全方位、多角度地展现了公安文化的魅力，鼓舞了士气，凝聚了警心。

公安文化的力量

台湾学者龙应台有一个关于文化的比喻：文化是社会齿轮啮合的润滑剂。不适合时，就好比是横木入灶，炉火是冷的。齿轮与齿轮之间是丝丝相扣、紧密配合的，还是一关卡死一关，互废武功，成为只转不动的装饰零件？这同样值得公安文化建设者思考。

“以文化促素质，以素质蕴意识，以意识铸精神”是公安文化承载的历史使命。从公安实践中凝练的公安文化，体现了公安民警与人民群众的血肉联系。它在凝聚警心、提高素质、展示形象、弘扬警察精神方面发挥了独特的作用。笔者认为，公安文化彰显魅力的关键是，用什么样的人来打造，用什么样的物质来打造，用什么样的精神来打造一个团队忠诚奉献、开拓进取的精神。这是个体的厚积、集体的薄发！这是机制的创新、精神的创新！

近年来，全国公安机关大力倡导文化育警、文化强警，围绕公安工作和公安队伍建设的实际需要，在公安文化建设上做了大量卓有成效的工作，取得了一定的成绩。从 1986 年开始举办的

“公安部春晚”到连续举办了十余届的“金盾文化工程”评选活动，从“为祖国放歌——2009年全国公安系统文艺汇演”到红遍大江南北的“2010中国红歌会”警营唱区的唱响，从“我最喜爱的十大人民警察”到“全国公安机关爱民模范”评选活动，公安文化建设正依托各种载体，彰显其独特的魅力。

2010年8月5日至9月底，公安部“公安文化基层行”文艺小分队承载着部党委的殷切嘱托，深入全国十个省市的公安机关，为二十余万公安民警和人民群众连续进行了六十九场形式多样的慰问演出。我也有幸成了小分队中的一员。在负责稿件核发和“公安文化基层行”新浪官方微博维护的日子里，我常常思考这样的问题：公安文化承载的历史使命是什么？如何通过公安文化的力量，不断增强公安队伍的凝聚力，进一步促进和谐警民关系，建立起适应新形势的新型人民警察公共关系？

我跟随文艺小分队赴安徽等地进行慰问演出时，在大别山深处的斑竹园镇派出所受到了当地村民锣鼓喧天、鞭炮齐鸣的热情迎接。在一张张朴实无华的笑脸上，我读到了浓浓的警民和谐情。而在安徽芜湖，当我看到牺牲民警张磊的母亲神情坚毅地说“孩子，如果有来生，你我还做母子；如果有来世，妈妈还送你去做警察”时，我的心灵经历了一次强烈的震撼和洗礼。这一刻，我明白了什么是忠诚无悔，什么是无私奉献！事实上，五年来，“公安文化基层行”文艺小分队三次出征，奔赴全国三十一个省、自治区、直辖市的公安机关进行慰问演出，一路播撒下了珍贵的公安文化种子。队员们用嘹亮的警歌、丰富多彩的文艺作品，架起了一座座促进警民关系和谐的桥梁。一路感动，一路真情！小分队吸引了无数目光，不仅对全体民警起到了激励和鼓舞的作用，而且促进了社会各界对公安机关和公安民警的理解。人民群众在观看节目得到美的享受的同时，增进了对公安工作的了解，加深了对公安队伍的感情。

在小分队工作的日日夜夜，我和同事们通过新浪微博平台，第一时间更新队员从前方发来的照片、快讯、随笔等图文信息。这样，热情关注小分队的网友就能通过网络及时分享镜头中那一个个或笑逐颜开，或潸然泪下的瞬间。通过微博，网友一路追随小分队的行踪："这样的活动应该多搞点儿!""咱普通群众可以观看不?""你们就是我们警队里的'心连心艺术团'。"来自陌生网友的关注和鼓励，让小分队队员们受到了莫大的鼓舞。队员杨文彬、肖江等人通过微博与热情的"粉丝"互动。有不少"粉丝"根据微博发布的即时信息，赶到当地慰问演出现场观看节目。还有不少观众通过"公安文化基层行"的微博留言，向队员们表达发自内心的感动和祝福："小分队的演出太棒了!""我将一路关注，一直为你们鼓掌!"

一路走来，一路收获!"公安文化基层行"以特有的穿透人心的魅力，向广大人民群众充分展示了新时期人民警察高尚的精神文化追求。同时，进一步提升了公安队伍的形象，密切了警民关系。

彩云之南踏歌行[①]

“公安文化基层行”文艺小分队吹响了出征的集结号，又要出发了！

2013年8月，公安部“公安文化基层行”文艺小分队第六次出征，奔赴海南、云南、四川等地进行慰问演出，我也有幸第三次参加“公安文化基层行”的活动。

8月9日至15日，我参与了文艺小分队赴云南的慰问演出活动。在此期间，小分队队员们在云南省东部的马龙县看守所雨中放歌，为十余名不能到现场观看慰问演出的看守所民警临时加演了一场。在马龙县文化广场，数千名警察和人民群众一起观看慰问演出，现场气氛十分火爆。在西双版纳州勐腊县关累港的慰问演出现场，湄公河中国、缅甸、老挝、泰国——四国联合执法人员来了，当地的傣族、哈尼族、布朗族等十余个少数民族的代表也穿上民族盛装前来助阵。在西双版纳州的景洪市，当歌曲《兄弟，你未曾走远》的旋律渐渐响起，缉毒英雄柯占军的生前战友

① 原载于2013年10月20日公安部网站“公安文化基层行”专栏。

噙着热泪说：“这让我又想起了和占军并肩战斗的日日夜夜……他是我的好兄弟。”

踏歌而行，一路真情，一路感动，文艺小分队给基层公安民警捎来了公安部党委的温暖慰问和亲切关怀，也收获了来自基层民警和社区群众的浓浓情意和深深祝福。

一、倒在缉毒路上的英雄

8 月 10 日下午，文艺小分队在云南聂耳歌剧院进行慰问演出。利用演出前的间隙，小分队领队、公安部宣传局副局长刘世斌代表公安部党委亲切慰问了当地的几名英模民警及家属代表。

我关注到了其中一位头发花白的老人，他叫刘世荣，七十二岁。老人的长子刘军，生前是昆明市公安局禁毒支队七大队二中队的中队长。3 月初，刘军与两位战友到和缅甸接壤的德宏侦办一起贩毒案。3 月 12 日，在返回昆明的途中，在大保高速公路永平县境内，不幸遭遇车祸，刘军因公殉职。

老人告诉我，他当年在部队时因公致残，家里还有个小儿子，患重病十多年，生活不能自理。可家里的顶梁柱刘军，一年中有三分之二的时间在外地出差。刘军怕父母担心，每天都会和家里人通一次电话。出事那天，从傍晚六点开始，他和老伴就打不通儿子的电话了，一直到半夜十二点也没能打通。他安慰老伴说，一定是边境上信号不好，明天再打吧。可是，第二天一早，刘军所在单位的领导就把二老接到了医院……

刘军出事后，老人才从媒体上陆陆续续地了解了儿子的工作：“……曾与毒贩同吃同住，巧妙地周旋了五天五夜；曾和毒贩殊死肉搏，命悬一线；曾到监狱里探视亲手抓获的女大学生毒贩，好言相劝……”“从事公安缉毒工作的十五年里，刘军直接参与破获涉毒案件两千余起，缴获各类毒品一千一百二十三千克。仅 2012 年，刘军参与侦办的涉毒案件就有二十余起，缴获各类毒品一百三十千克、毒资一千余万元。”老人把有关刘军的报纸一张张地收集并保存起来，想念他的时候就拿出来一个字一个字地读。

现在，儿子离开他们已经五个月了，可是他和老伴还是感觉儿子就在身边。每天吃饭的时候，老伴总不忘在桌子上多放一双筷子、一只碗。每次提起儿子，老伴都要抹眼泪。

可是，老人并不后悔把儿子送进警营。儿子从警二十四年来，先后荣获了“全国公安机关优秀人民警察”、“云南省优秀共产党员”、“云南省十大缉毒优秀破案能手”等荣誉称号。老人在心里一遍一遍地默记着。

陪伴老人前来的刘军生前战友马学军唏嘘着告诉我，刘军的妻子在部队工作，两个人常年分居两地，女儿十四岁。年初，他的妻子好不容易调回了昆明，3 月 12 日却发生了这场意外。

观看完小分队的慰问演出，临别时，老人告诉我，感谢公安部组织的慰问演出活动，让他感受到了来自公安大家庭的温暖。

二、澜沧江畔的守卡人

在云南省西双版纳州勐腊县西南部的澜沧江畔，有一个被誉为“中国第一港”的关累港。这里与缅甸隔江相望，为中国、老挝、缅甸三国交界地带，两岸山峦起伏，原始植被茂密，被称为“绿三角”。

8 月 12 日深夜，经过一番长途跋涉，小分队队员们从昆明飞抵西双版纳景洪，又连夜驱车赶往勐腊县关累港。

8 月 13 日清晨，一阵清脆的鸟鸣声把我从睡梦中唤醒了。我披上衣服走出住地，信步走在小镇的街上。道路两侧是高大的椰子树，笔直的树枝上挂着一颗颗青椰果。在婆娑的树影中，我闻到了空气里弥漫着的热带水果的气息。

街道很短，一眼就望到了路的那一头。顺着街角的小路，我走下了护堤，来到了澜沧江畔。在水流湍急的河岸边，有一座边检岗亭，孤零零地立在那里。两名守卡的边防小战士看到我来了，立刻警觉起来。待我走近了，看清楚我身穿的小分队红色队服后，他们才放松下来。通过闲聊，我了解到，这两名年轻战士是来自云南怒江的小董和来自重庆的小杨，都是十九岁，去年 3 月入伍。

小董告诉我，附近有渡船码头，中缅边民在此出入，边检工作非常重要。他们曾查到过枪支等违禁物品。前一天晚上，得到公安部文艺小分队要来进行慰问演出的消息后，他们都很期待。可是，当天上午两个人要上岗执勤，也就无缘观看演出了。

告别了两位小战士，回到住地，我又跟随小分队领队刘世斌一行去看望和慰问一等功臣、云南公安边防总队水上支队二大队副大队长陆炳礼。

这名肤色黝黑的男子，有着军人特有的严肃沉稳，不苟言笑。湄公河血案发生后，中、缅、老、泰四国执法部门共同开展湄公河联合巡逻执法活动。自去年以来，陆炳礼已连续十个月驻外参与湄公河联合巡逻执法等活动。他和老挝官兵生活在一起，代表中国边防负责对老挝警方的培训、联络及对重大突发事件的处置和协调工作，成功地参与处置了“海鹏号”等中国商船被袭事件。前些日子，老挝国防部授予了他“友谊勋章”。

我在交谈中得知，陆炳礼的孩子只有六岁，妻子在昆明工作。去年春节，他回家探亲，直到前几天才返回来。他说，他长年累月驻外工作，所处的环境异常艰苦，通信不方便，照顾不上家里。他的妻子作为军人家属，这些年来，做出了很大的牺牲。

三、真情演绎英雄赞歌

8 月 14 日下午，小分队在西双版纳景洪进行慰问演出时，队员彭沛的吉他弹唱引起了现场观众的强烈共鸣，让在场的缉毒英雄柯占军生前的战友黯然落泪。

《兄弟，你未曾走远》是一首为公安一级英模、缉毒英雄柯占军创作的歌曲，由基层民警韩媛作词，彭沛谱曲。这一天，柯占军生前的战友何健俊杰来到慰问演出现场，和彭沛共同演唱了这首歌："园中绿意葱茏，冬去春来又一年……妈妈的头发全白了，谁也不忍见。兄弟，你怎么忍心就这样走远……无数次想起你年轻又倔强的脸，每一次行动你都冲锋在最前边……在我心里面你根本没走远。"

沙哑的嗓音、真情的流露、原生态的吉他弹唱，感动了英雄生前的战友们，演出取得了预期的成功。对于彭沛来说，我想，这也是一次新的起飞。

记得小分队出发前，在公安部礼堂进行了紧张的彩排。那天晚上，突然下起了雨。在从正义路赶往部礼堂的路上，我和彭沛挤在一把伞下前行。

他告诉我，他是第一次参加公安部的大型慰问演出活动，很幸运。他说他只是一名普通的基层民警，因一首歌曲在网络上蹿红而成名，在表演上还很不成熟，没有经过专业培训，和其他队员的差距还很大。

我这才恍然将他和那位创作歌曲《因为我是警察》，一路走红的"80后"河南兰考民警联系起来，我也知道了他在2011年又创作了《天有尽头》——"你可知天也有尽头，回头是唯一出口"，规劝在逃人员迷途知返的"清网规劝歌"。而正是因为一次次地参与公安文化交流活动，他在公安原创歌曲的创作道路上日渐成熟。

这一天的演出，他用真情演绎，俘获了观众的心。

享受独特的公安文化魅力[①]

靖江，这是一块温暖的土地，是公安部二级英模张金文生前战斗过的地方。从这里走出了全国特级优秀人民警察焦桂红、全国优秀人民警察李建国等优秀典型人物，以及无数默默无闻、无私奉献在基层一线的公安民警。这是一块孕育着蓬勃生机的土地，2013年6月26日至28日期间，江苏省公安文联组织“送文化、送温暖”小分队——由警营内外知名作家、书画家组成的队伍，深入靖江公安基层一线慰问英模民警及家属代表，与基层公安文艺爱好者开展文学创作及书画交流等活动。这是江苏公安文化活动的一次新形式的尝试，受到了江苏省公安厅领导的关注。江苏省公安厅党委副书记、副厅长、省委610办公室主任陈逸中欣然提笔为小分队留言寄语。

① 原载于2013年7月3日《江苏法制报》。

一

6月26日，笔者的内心一如这个梅雨季节般温润，又带着些许潮湿。

当日傍晚，我们“送文化、送温暖”小分队一抵达靖江，就马不停蹄地走访和慰问了当地的三名公安英模及家属代表。

杜文明是公安部二级英模张金文的遗孀。爱人牺牲后，这个身材弱小的女子独自承担起了照顾未成年孩子的责任。考虑到孩子还未放学，小分队领队、江苏省公安文联秘书长许丽晴当即决定到学校看望慰问，并代表组织为杜文明送上了精心准备的慰问品——一幅警营画家创作的美术作品和一套文化用品。张金文之子、十五岁的张杜湧激动地打开厚厚的《汉语成语辞典》，看到了扉页上江苏省公安厅副厅长陈逸中的亲笔寄语：“子承父志、刻苦学习、努力成才、报效祖国！”简短的十六个字，凝聚着江苏省公安厅领导对英模子女的殷切期望。张金文生前是靖江市公安局西来派出所的一名社区民警。2009年9月29日，张金文累倒在了国庆安保工作岗位上。在医院抢救期间，成百上千的市民自发地赶到张金文的病床前看望。张金文牺牲后，又有数千名群众赶到灵堂前挥泪送别。在现场，我代表全体小分队队员朗诵了临时创作的诗歌《西来之烛》，以纪念这位逝去的战友。许秘书长特意请人将诗歌制成了书法镜片，交给张金文的爱人留存。

面对这份来自公安大家庭的深情厚谊，警嫂杜文明动情地说：“没想到金文离开这么多年了，省公安厅党委、泰州市及靖江市公安局的领导同志们还记挂着我们娘儿俩。”她也感谢这一路走来，一直关心着她的人们。

当日，小分队一行还看望和慰问了全国特级优秀人民警察焦桂红和有着“留守儿童的代理家长”、“社区里的知心片长”之称的全国优秀人民警察李建国，向他们送上了组织上的关怀，并赠送了由警营书画家创作的书画作品。在慰问中，被晒得黑黑的全国特级优秀人民警察焦桂红说，他是一名交巡警，保障百姓的出行安全是他最大的心愿。社区民警李建国说，辖区内的困难群众得到帮助的时候，就是他最快乐的时候，因为他觉得帮助困难群众是最有价值的事情。两位民警表示，要将组织上的关怀化作今后工作的动力，更好地为辖区百姓服务。

二

6月27日下午，在靖江市公安局江阴靖江工业园区派出所里，一场丰富多彩的“送文化、下基层”活动，正如火如荼地举行着。

在宽敞的警营活动室里，公安书法家张成银，美术家包信源、高建胜、吕少卿、牟克石，书法家汤志平等纷纷挥毫泼墨，为当地公安民警精心创作了一幅幅作品。其间，书画家们还集体为靖江市公安局创作了一幅题为“春色满园”的书画作品，这喻示着公安文化的春天，如满园春色般绚丽多彩。

江阴靖江工业园区派出所所长顾明感慨地说，这么多省内书画家会聚基层派出所，这是以前不敢想象的事情。自己作为一名基层派出所领导，将以此为动力，带领全所公安民警围绕公安中心工作，作出新的更大贡献。

与此同时，在该所的一间会议室里，一场作家与当地公安文学爱好者的交流活动在轻松的氛围中进行着。江苏省作协副主席、知名作家储福金来到现场，与这些警营文学爱好者零距离座谈。面对一张张求知若渴的脸庞，储福金通过深入浅出的语言，诠释了文学的真谛。他说，文学创作的方便法门，就是要找到自己最合适的方式，作家的心有多大，作品就有多大。

来自系统内的十三名文学爱好者，纷纷就自己的创作经历及遇到的问题进行了畅谈与交流。靖江市公安局办公室青年民警曹卫东，就非主流文化现象及影响，进行了思考并谈了个人的观点及看法。作为一名公安作家，我也结合自己从事的公安外宣工作实际，就如何捕捉身边的鲜活素材，独辟蹊径地创作出具有公安特色的文学作品，塑造那些鲜活的警营故事，与大伙儿进行了交流。

“一直觉得自己像个小学生，无论是经验还是阅历上，需要学习的东西还很多。通过这次交流及对作品的点评活动，受益匪浅啊！”来自该局城东派出所的内勤民警陈晓菲如是说。

座谈会结束时，储福金和笔者分别携新出版的散文集《重见》、《铿锵玫瑰》进行了签名赠书活动。

三

6月28日上午，“江苏省基层公安文化联系点”揭牌仪式在靖江市公安局举行。近年来，靖江公安涌现出了一大批优秀文艺人才，有上央视“星光大道”的“80后”魅力警花童喆，有走进江苏城市频道主持直播节目《法治集结号》的青年民警主持人金晨。在同日举行的靖江市公安文联成立大会上，该局有三十二名文艺骨干民警当选第一届理事会理事，同时成立了书法、摄影、文学三个协会。

短短三天的“送文化、送温暖”活动圆满落下了帷幕。尘埃落定，这场公安文化大餐的精神力量却在延续。这必将影响一位又一位江苏公安人，为了公安事业的繁荣和发展，为了实现中华民族伟大复兴而努力奋斗！最后，借用储福金先生对此次活动的寄语作为行文结束：“基层文联是传播文化的排头兵，用文学召唤人们的向上精神，颂出中国梦最美好的诗篇，唱出中国梦最动听的歌，写出中国梦最丰富的文学，画出中国梦最绚丽的色彩!”

与“马天民”的一次亲密接触[1]

电影《今天我休息》中的“马天民”是个家喻户晓的好警察。像我这样生于二十世纪七十年代的人，童年时代便是伴着这部电影长大的。电影里的马天民是一位深得民心的好警察。那天上完夜班的他，本该休息。派出所所长的爱人姚大姐替他介绍女友并约定这天见面。只是，他却忙乱得连相亲这等大事都无暇顾及——劝阻骑自行车横冲直撞的青年；跳下河帮助老农救起掉进河里的小猪；护送患病的幼儿去医院抢救……约会时间、地点一改再改，他一误再误。当他终于赶到女友家中时，已经是晚上八点多了。女友怀疑他的诚意，对他态度冷淡。可后来却出现了戏剧性的转机，原来，女友的父亲便是马天民跳下河帮助其救起猪崽的老农。于是，前嫌尽释，皆大欢喜。

电影戏剧化地塑造了一位质朴生动、无私奉献的人民好警察，通过主人公马天民在休息日忙忙碌碌的工作、生活点滴，颂扬了新中国警察全心全意为群众服务的崇高品德，以及人与人之间互助友爱的社会风尚。半个世纪前塑造的人民警察马天民的形

---

① 原载于2008年5月31日《人民公安报》。

象，整整影响了几代人。可以说，他是新中国警察最早的形象代言人。也正是有了这样的榜样，终于有一天，我穿上了警服，自豪地成为了警察中的一员。

时值2007年岁末，我有幸与《今天我休息》中“马天民”的扮演者、著名电影表演艺术家仲星火老师有了一次零距离亲密接触的机会。那是一个温暖的午后，我如约来到上海市某新村公寓楼下，按响了对讲门铃。送话器里传来的男声，充满磁性，听上去只有四十岁光景。电梯在十七层停下后，我惊讶地发现，满头银发的仲老早已等候在电梯门外，一如记忆中那位可亲可敬的“马天民”，一下子拉近了我们之间的距离。

仲老指了指佝偻着的背，不无遗憾地向我解释道：“前天在书房里看书，不小心闪了腰。这下可好，与当年在干校劳动时落下的旧伤一并发作，疼痛得实在是有些难以忍受。不过，早先就应诺了你们‘十佳爱民警官’揭晓晚会嘉宾的邀请，是无论如何也不能推辞的，哪怕真的不能走路了，也是要推着轮椅上台的，这是艺德。”说完，仲老爽朗地笑了起来。我这才发现，刚才送话器里字正腔圆的声音正是出自仲老本人。

仲老的爱人祝阿姨早已把行李准备就绪了。于是，我们便马不停蹄地往回赶。

旅途中，仲老显得有些疲倦。一旁的祝阿姨告诉我，前一晚，仲老腰病发作，疼痛难忍，一宿没能入眠。这不，他终于抵不住倦意，打起盹儿来。我忽然心生些许不安。耄耋之年的仲老，坚持带伤参加我们局的晚会，这与现在一些所谓的名角、腕儿，以各种借口敷衍、拿捏，形成了多么鲜明的对比啊！

车至无锡境内，仲老从半寐中醒来。我惴惴不安地连声说抱歉，仲老却和蔼地告诉我，没关系。他对警察始终有着很深的感情。当年饰演马天民，是他从影十年后第一次挑大梁担当主角。后来，他又饰演过不少警察形象，所以这次伤得再严重，也是一定要来参加演出的。仲老如数家珍地报起半个多世纪来参演过的影片：《南征北战》、《今天我休息》、《李双双》、《巴山夜雨》、《天云山传奇》、《405谋杀案》……我的记忆也随着他的娓娓道来渐渐复苏。

闲聊中，仲老得知他将在晚会上朗诵的诗歌《为人民服务》是我连夜赶写的，便不顾车行颠簸，拿出诗稿，从遣词造句到韵律节拍，一字一顿地与我推敲起来：

为人民服务/五个大字/简单、朴素/但蕴含了世界所有的辽阔/它像大地/那样平凡/那样平稳/那样博大/那是生命的力量和支柱/它是血液/流淌在我们的身躯里/轻快而又贵重/是灯塔/用时间打磨出的光芒/把前行的路途照得无比亮堂/面对辉煌/我们的步伐/变得昂扬而义无反顾/我们，响应着伟大时代的召唤/宣誓/生命不息/奋斗不止/为人民服务/是孩子对母亲的承诺/为人民服务/是大地接纳回归的雨露/这句简单的话语/温暖、严肃/它对我们每一个人民警察/都意味着生命的全部！

我认真聆听仲老的教诲，默默感知着老一辈艺术家特有的严谨作风，心与心一下拉近了很多。

第二天，身着白色制服、蓝色裤子的“马天民”出现在了颁奖晚会现场。当仲老精神抖擞地向全场观众致以庄严的敬礼时，全场掌声雷动。接着，仲老一一揭晓了“宜兴市十佳爱民警官”名单，一下子将晚会现场的气氛推向了高潮。

我站在幕侧默默地注视着仲老，他的一颦一笑在我的眼前渐渐有些模糊。此刻，现场恐怕只有我知道，八十四岁高龄的仲老正依靠紧裹在腰间的钢板支撑，努力挺直受伤的腰，哪怕是再疼再痛，也必须将硬朗伟岸的形象呈现给观众，而人民好警察马天民的形象也将永恒地留在观众们的记忆里！在这一刻，仲老与马天民浑然一体！

在黑暗中书写光明

在“全国第三届我最喜爱的十大人民警察”互联网票选网页上，我曾关注过一名双目失明的贵州警察。他用超乎寻常的毅力战胜困难，点亮了黑暗的世界，给我留下了深刻的印象。于是，我记住了他的名字——张秀昊①。这些日子以来，我一直在思考，究竟是怎样的一种精神鼓舞着他，使他在黑暗的世界里，心中充满光明，面对失败和挫折，永不言弃。终于，在这个盛夏的季节，我从江南出发，专程前往贵州，拜访这位用坚强书写人生的“全国公安战线二级英模”——贵州省天柱县公安局指挥中心民警张秀昊。

在一个阳光明媚的上午，我如约走进了天柱县公安局指挥中心。不用问，眼前这位戴着墨镜、熟悉而陌生的民警，就是我心中的英雄——张秀昊。我注意到，负责全县接处警工作的“110接警台”只有他一个人，这让我有些好奇。

稍事寒暄，切入正题。话题很自然地从他当年负伤开始。秀

① 张秀昊同志于1999年5月被公安部授予“全国公安系统二级英雄模范”称号。2009年夏天，笔者去贵州天柱，与张秀昊有了一次零距离接触。

昊很健谈，也许是长年在黑暗中生活的磨砺，让他更善于用言辞来表达。那是1998年12月19日，时任贵州省天柱县凤城刑侦中队中队长的他，在一次排爆中，不幸被犯罪分子自制的炸药炸成重伤。十天后，终于被医生从死神那里抢救过来的他却永远地失明了，左手被炸断，右手也仅留下三根手指，其中一根仅存半截。那一年，他二十六岁。

这场突如其来的变故，对于这个原本有着大好前程的青年来说，是怎样的一种蚀心透骨的哀伤啊！我不知道，在最初失去光明的日子里，他是怎样度过那些黑暗、消沉的日子的。灾难如此猝不及防，他该如何学会疗伤？

“伤好后，我准备学习盲文，可仅存的两根手指却根本无法有充分的触觉。经过数番尝试，几经努力，只能无奈地放弃，我还是什么也干不了。告别了热爱的工作，只能困于斗室之中，听听广播，听听电视，打发无聊的时光。”在无边的黑暗中，他一度意志消沉，彷徨困惑，“失落、空虚、孤独、寂寞始终笼罩着我。我常常抚摸着警徽，一坐就是半天。昔日与战友们并肩战斗的情景会情不自禁地涌上心头。寂寞的日子，失落的情怀，更是让我梦想着有一天能重返工作岗位，再次投身于火热的战斗之中！”

终于，有了电脑，有了盲人读屏软件，这无异于为他装上了一双与外界交流、自由翱翔的翅膀。他花了半年多的时间，渐渐熟练掌握了电脑操作。他上网交流、写作，在公安报刊上发表作品，屡屡获奖。可他却总觉得生活中少了点儿什么：“心里其实很清楚，少的是昔日的战斗激情与工作的热情，是对公安工作九年未曾淡忘的牵挂，是对警徽的深深眷念！”

2007年年末，秀昊听说局里全面开展“信息化警务”，便再次请求重返岗位。这一次，天柱县公安局党委经过慎重研究，同意了他的申请。他终于重新穿上了警服，回到了朝思暮想的曾经工作和战斗过的岗位，成了“110 报警台”的一名警员。

交谈中，秀昊熟练地给我演示了“三台合一”报警系统的操作流程，演示了 word 文档的查找、修改等功能。shift、ctrl、tab 键切换自如，在速度上与正常人没有什么差异。而我注意到，天柱公安科技强警如火如荼，人人都会用电脑，极经典的一句话便是——秀昊都会用电脑，难道你还学不会吗？打开天柱公安网页，首先弹出来的是——全警每日“九必”工作机制：必开电脑、必建文档、必看网页、必看公文、必进系统、必练打字、必写日志、必学必录、必比必查。在天柱县公安局，每一张办公桌上都放着这样一块民警提示牌——“向英模张秀昊同志学习，争做优秀人民警察”。在《天柱公安》杂志上，有天柱县政法委书记、公安局局长黄先文这样一句话：“剑不如人，剑术却要超人。”

在交流过程中，“110 报警台”不时有电话响起。这次是一名家长不小心在街头弄丢了孩子。秀昊立刻通过电台向路面执勤民警发出指令，要求协助寻找。我注意到，他很自然地把对讲机放回了原地，显然，这是一个固定位置。这对于生活在黑暗中的他来说，是何等重要的一个细节啊！

因警力不足，每天上午，秀昊都坚持一个人上班，其他的同志则还要三班倒。秀昊是贵州省公安厅“基层民警先进事迹宣讲团”的成员，每个月都得去省城贵阳两三次，到“基层科所队长专题培训班”进行宣讲。到了那个时候，工作的重担便都压在了其他同志的身上。“我多做一点儿，同事们就能多休息一会儿。”他有些歉疚地告诉我。

话题很自然地转向了“伴随经济发展，必然将面对的问题”，比如报警量的激增，以及科技信息化条件下的警务指挥系统，等等。他不无遗憾地告诉我，到了那个时候，也许他又得下岗了，因为眼睛看不见实时指挥系统的屏幕，就真的做不了什么了。我听出了他言辞里的淡淡感伤。是呀，这样的一种对警察事业的热爱，这样的一种深沉的警徽情结……唯有真心爱它，内心才会有这样的不甘。

我自始至终都没有提及黑暗中的他在家庭生活中是如何一步一步地走过来的。我知道，那又是一个让人感伤的话题。不必了，不要再去揭开这痛苦的伤疤。人们往往艳羡英雄面前的鲜花和掌声，可又有多少人能感受到他们经历的痛苦甚至是绝望呢？如果时光可以倒流，那么我想，黑暗中的秀昊一定会放弃今天所有的荣耀，去换取光明，哪怕是能再看一眼这五彩的世界、亲密的爱人。

上帝关上了一扇门，一定会在另一个地方打开一扇窗。

尹山湖拾忆[①]

一

二十二年前，一纸录取通知书让我与警察这个职业结下了不解之缘。

到苏州警校报到的那一天，时值9月，秋高气爽，母亲为我送行。两个人拎着皮箱，扛着棉被，从老家启东风尘仆仆地来到了姑苏南门外那个叫尹山湖的地方。本以为江南水乡山色青葱，可到了那里却发现，学校四周一马平川，满目皆是良田。

远离家乡和亲人，我即将独立生活，母亲免不了有些担心。就在几天前，她陪我去南通参加入学前的面试时，忍不住担心地问："警校安全吗?"可把负责面试的老师给逗乐了，对方乐呵呵地反问："都是警察，怕什么?"

---

① 本文系为苏州警校建校三十周年而作。原载于2013年第3期《苏州警察训练》、2014年第4期《翠苑》杂志。笔者进苏州警校学习的时间为1991年9月。

其实，我知道母亲担心的是什么。

二

初到警校，着实让人失落。校门外的石子路，坑坑洼洼，一路蜿蜒，尽头是个不知名的村落。校园里斑驳的围墙，就像是一棵风烛残年的树，浸润着岁月的痕迹。学校的大铁门，一到晚上九点就锁紧了。这时，男生宿舍会拉闸熄灯，整个校园里只剩下教师办公室和女生宿舍里寥落的灯光。

夜幕，沉寂而辽远。远离家乡亲人的我，就像是茫茫大海里孤岛上的守望者，孑然、孤独。

青春是用来挥霍的。在那个物质匮乏的年代里，警校的课余生活更是单调，两点一线：从教室到宿舍。我唯一的乐趣便是阅读。终于有一天，因为一周借阅了三册书籍（学校规定每周只允许借一册），我的借书卡被校图书馆那个表情冷漠的女管理员毫无商量余地地吊销了。殊不知，正是这个细节，差点儿毁灭了一名文学青年的求知路。我至今都可以感受到当时的心情，必定是耿耿于怀的。

没有了书籍的陪伴，夜晚变得寒冷而漫长。

三

警校有严格的规定，学生在校期间不准谈恋爱。可规矩是规矩，男女同学在一起时间长了，免不了会暗生情愫。记得刚到警校时，门房的老师傅们总爱和我们拉扯些学姐学哥的轶事，比如谁和谁谈恋爱了，谁和谁半夜翻墙进学校了，等等。可没想到，有一天，我自己竟也成了故事中的人。

不知是谁先谈起了恋爱。毕业前夕，同学们如飞蛾扑火般地疯狂恋爱。班里男女生比例失调，五十一名同学中仅有四名女生，一些当地来警校学车的女孩，成了男生的追逐目标。皎洁的月色下，校园的操场上，青青的草地里，是恋人们的乐园。

而我的爱情，也是在尹山湖畔收获的。上警校的第二年，我和同窗的良子成了恋人。有了爱情相伴，严肃而乏味的警校生活变得生动起来。

那些夜晚，我们骑车去宝带桥，看一轮星月的清辉洒在波光粼粼的古运河上。伸手在水中轻轻搅动，顿然，满目都是银辉。到了中秋月圆之夜，宝带桥附近几公里以内，人山人海，人们从四面八方争相赶来，一睹宝带桥上空的月亮。传说中，那一晚，宝带桥上空的月儿格外圆。

那时，正流行跳交谊舞。刚开始时，同学们都到隔壁的江南社会学院里“蹭舞”，偷偷摸摸地，饱尝了白眼。后来，学校也组织起舞会来。到了晚上，食堂里的灯光暗了下来，轻柔的舞曲中，从笨拙到优雅，从慢三、慢四到欢快的伦巴、恰恰，我们成了无师自通的“舞林高手”。某个夏日，有友递给我和良子两张舞票，约了当晚去城里跳舞。是夜，我和良子兴冲冲地骑车赶到了十多里外的舞厅。可谁知，对方却爽约了。左等右等，不见踪影，翻遍了两个人的口袋，只拼凑到两元钱硬币，勉强买了一杯茶解渴。

回学校的路上，一场暴雨突如其来。两个人急忙躲到屋檐下避雨。一时间，电闪雷鸣、风雨交加，我和良子在凄风寒雨中瑟瑟发抖，所幸两个人依偎着相互取暖。二三十分钟过去了，暴雨却没有要停的意思。我们俩担心学校熄灯前赶不回去，只好又艰难地顶着暴雨前行。路上，良子怕我着凉，从路边废弃的工棚里扯了一块塑料纸为我遮挡风雨。等回到学校，我们俩已经浑身湿透、狼狈不堪。这一场雨中的情境，给我留下了至深的印象。

因为年轻，因为爱情，一场暴雨也变得温情缱绻。

四

日子过得飞快。转眼，到了最后一个学期。课程只剩下驾驶技能训练和毕业前的实习。

在高唱一曲“他说风雨中这点痛算什么，擦干泪不要怕，至少我们还有梦；他说风雨中这点痛算什么，擦干泪不要问为什么……”，经历了后果严重的“橘子皮风波”后，班上有几名男生提前回老家实习了。剩下的四十多人，八个人一组，分别上了六辆教练车，进行驾驶技能训练。

时任我们班主任的周岩老师，也只是二十八九岁的光景。他是我们苏州警校的师兄，帅气、俊朗，毕业后留了校。我们是他带班的第二届学生，许是年龄相仿的缘故，他格外照顾我们这些学弟学妹。记得有一次，我们在操场上军体课，一干人等正在骄阳下站立，突然，一名女生倒下了。慌乱中，我们七手八脚地把她抬起来，送往校医务室。半路上，遇到了闻讯赶来的周老师。他二话没说，抱起那名女生，大步流星地往前跑，一下子把我们都给甩开了。当时，那个高大的背影真是帅呆了，令人好一番“惊艳”和遐想。

到了最后一学期，我们上车学习。在周老师显然是有意的安排下，我和良子上了同一辆教练车，我们的恋情也从“地下”转到了“地上”。

教我们学车的是祁师傅，操着一口软软的吴语，说话不急不慢。祁师傅中午经常带着我们蹭饭，偶尔也抿一口小酒。祁师傅常爱挂在嘴边的一句话是："你们都是穷学生，我朋友多，让他们请顿客，你们能省就省一点儿。"

如果中午喝了点儿酒，下午我们会在附近的古镇或景点玩儿，磨蹭到晚上，才慢悠悠地开车回学校。说来也奇怪，就是这样看上去松松垮垮的教学方式，到最后，我们车上的师兄妹八人，却是班上六辆车里唯一满堂红考出来的，赚足了面子。

学车的那半年，是警校两年里最快乐的时光。没有学习的压力，每天早晨开车出去，晚上开车回来。从桃花盛开、绯红如云的桃花坞到梨花似雪的香雪海，从姑苏城外的灵岩山到同里古镇的退思园，我们的足迹几乎留在了苏州的每一个角落。

五

"天王盖地虎。"

"宝塔镇河妖。"

"自己人！洪哥，咱动手吧！"这不是黑帮暗号，而是二十年前我们时常挂在嘴边的口头禅，以至于这么多年过去了，每次拎起电话，我都爱对听筒那边的梅如是说。

"洪哥"是怎么来的，已经想不起出处了，也无须去寻找出处。多年后，当我们偶尔相聚，笑谈当年云淡风轻的往事……岁月磨平了彼此的棱角，抹不平的却是记忆。

转眼，毕业二十载了。由于种种原因，有些同学先后离开了公安队伍，而更多的，依然在坚守。因为热爱文学的缘故，偶尔，我会在江苏公安文化网上读到某个熟悉的名字，甚至会在某个文学活动中恍惚与某位老同学谋面。

前些天，在新加入的苏州警校 93 届 QQ 群、微信群里，不知是谁发了两张七八位同学聚会的照片。我看到岁月在一张张不再年轻的脸上刻下深深浅浅的痕迹，不由得心生感叹。遥想当年警校往事，仿佛就在眼前，可弹指一挥间，二十载如白驹过隙，稍纵即逝。

叹世事沧桑，人生又有几个二十年可以挥霍？

公安车管窗口看变化①

那是二十世纪九十年代初，我从警校毕业分配到公安车管部门工作。当时指导我实习的是名老公安，到了快退休的年龄。他很认真地带着我熟悉各项车管业务。我们整天埋在那些散发着霉味的车辆档案里，常因车辆过户或资料查询，折腾半天那些堆积成小山似的档案，落下满身的灰尘。那个年代，机动车保有量少，车辆业务也少，公安车辆管理所没有像现在这样宽敞洁净的综合办证大厅，仅在办公室门上挂着“登记”、“检验”、“收费”等牌子。同事们各自在办公室里忙碌，来办事的群众跑进跑出，晕头转向，等整明白流程，时间已过了半晌。常常是晚些时候来办理业务的群众，第二天还得往返周折，免不了群众有怨言。

那时的牌照是“八五式”。以小车车牌为例，绿底白字，上面一行小字表示省内各市，下面一行是数字，行驶中不易让人看清数字，给交通事故处理工作带来不小的困难。行驶证还是手工填写的，师傅一再告诫我，字，一定要横平竖直，写端正了，以

① 原载于《人民公安报》、《天府早报》、《传承》等报刊，获无锡广播电视集团“我与改革开放三十年”征文活动二等奖。

免日后在路面执勤管理中发生不必要的麻烦。机动车注册登记表上有一大堆数据要填，诸如厂牌型号、技术参数等，来办牌的群众搞不清手续，填表格、拓印等自然是车管民警的职责。过了不久，师傅退休了，登记岗位上只剩下我一人，负责从登记到发牌，再到档案管理等一系列流程，常常忙得连上洗手间都要飞奔。好在年轻人精力充沛，很快就把常规车型参数背得滚瓜烂熟，瞄上一眼合格证版式，便能迅速填写长、宽、高、轴距等参数。

1994年，全国启用“九二式”机动车号牌。还是以小车车牌为例，改为蓝底白字，中文开头加字母、数字组合。牌照大了，字母也更清晰了，大大方便了路面执勤管理。同时，信息时代带来了公安车管业务的全面革新：制度规范上墙，业务岗位相互制约监督，手续简洁高效，信息数据实现了网上共享。查询车辆资料只需轻击鼠标，再不用手工查阅一份份档案。

转眼到了新世纪，单位里陆陆续续地分进来不少新同事，我也带起了徒弟，是名刚毕业的大学生，很快就熟悉了业务，成了计算机方面的行家里手。公安车辆管理所办证大厅窗口开始实行“一条龙”服务，办事群众再不用东奔西走。原来是封闭式管理型办公，现在是开放型服务模式，来办事的群众得到了充分的尊重，心情自然是不一样。

几年前，因为工作的需要，我离开了公安车管岗位，但我的目光始终追随着她日新月异的变化——办事流程越来越透明，群众办理业务越来越方便，老百姓的口碑也越来越好。前些日子，宜兴公安又开通了网上车管所业务，市民群众办理新车上牌、验车等业务不仅可以在网上咨询、预约登记，还可以个性化选号。群众可以像选择手机号一样自主选择个性号牌，不仅尊重了百姓的选择权，而且体现了车管业务人性化服务的必然趋势。

我们师徒三代人的经历，恰是见证了公安车管业务的三次变革：第一次，从新中国成立初期到二十世纪九十年代初，机动车管理依靠手工登记，机动车牌照按序发放；第二次，二十世纪九十年代后期，车管业务实行计算机操作，实施“电脑选号”，即车牌在一个号段内随机抽取；第三次，开设网上车管所，大大方便了办事群众，而允许车主自由选编号牌，更是圆了爱车族的个性梦！

车辆管理虽然只是一个小小的公安业务窗口，却是折射了新中国公安机关职能的演变过程，是从传统管理型向现代服务型变革的缩影。公安机关的口碑越来越好，威信也越来越高，作为一名人民警察，我倍感骄傲。

A面B面[①]

这是一座江南小城。十多年前，我从苏中老家迁居到了宜兴这座城市。在随后五千多个日日夜夜的从警生涯中，我打量着、感受着这座城市的历史与厚重，以及城市里我的同行们的故事，内心时常会涌起一股温暖和感动。

在这座城市里，有我太多熟悉的同行们的气息。每天，在我的身边，周而复始地上演着各种各样的警民故事，比如此刻，我正伏案写作，手机屏幕上出现了短信："卢警官你好！请你帮我打个电话给小海，他老是不听话，拜托！"这是一位未曾谋面的父亲。

2009年4月，小海因涉嫌一起拦路抢劫案，被宜兴警方抓获。面对小海扑朔迷离的年龄——小海自称已满十四周岁，但他的户口信息资料却显示其不满十四周岁，而是否已满十四周岁，恰恰是小海是否应负刑事责任的"分水岭"——宜兴警方本着高度负责的态度，派警员前往千里之外的小海老家——重庆奉节展

① 原载于2010年8月27日《人民公安报》。

开进一步调查。最终，确定小海的出生年月为1995年5月。同年5月，宜兴市人民检察院对未满十四周岁的小海作出了免予起诉的决定。

在小海重获自由的那个下午，我见到了他——一个名副其实的“小不点儿”，一米四左右的个子。若不是先前看了案卷，我压根儿就不会将眼前的他与几起拦路抢劫案联系起来。

那天下午，在小海略带哽咽的讲述中，我一点点地拼接起了故事：在小海很小的时候，他的母亲改嫁去了广东。前几年，他的父亲带他来宜兴打工，在工地上为他找了一份临时的工作——浇灌钢筋水泥柱。可是，小海只坚持了几天，因为年少体弱的他实在是吃不消这般高强度的工作。

跟着父亲生活的这几年里，他经常看到父亲领着不同面容的女性回家。他变得一天比一天孤独，不时地离家出走。父亲每次找他回来，总是怨声怨气。直到有一天，他跟着网吧里结识的“朋友”，干起了拦路抢劫的营生。

结束采访时，我把手机号码留给了小海，叮嘱他好好做人、踏踏实实做事，并与小海的父亲保持了短信沟通。“卢警官，孩子最近很好，你放心……”素未谋面的小海父亲时不时地发短信告诉我小海的近况。

可平静的日子没过多久，这一天，小海的父亲告诉我，小海又一次离家出走了。

我拨通了小海的手机，电话那端的小海有些警惕，问我是不是父亲请来的说客。我呵呵一笑，不置可否：“有段时间没见面了，想知道你最近的情况。”

我约他在一家安静的茶楼见面。有一段光景没见，他的个子一下子蹿高了许多，看上去更加成熟了。他告诉我，他刚从一家火锅店辞职，打算再去找工作。因为父亲的倔强、不通人情，他无法与父亲沟通，便搬了出来。

当我问他是否考虑好下一步该怎么走时，他低下了头，说自己文化程度太低了，实在没有手艺，先学着做厨师吧，赚下第一桶金，有朝一日自己开一家小餐馆。

这一天，在小海与他父亲的各自叙述里，我看到了事物的A面、B面，而这，也就是我一直以来的困惑：作为一名虔诚的写作者，面对公安文学这座有着广阔题材与丰富内涵的富矿，究竟该怎样为读者推开一扇轻叩心扉的窗户？

随着社会经济的发展，人们的生活方式和价值观念在市场经济大潮的冲击下，有了较大的改变，这对文化领域也产生了重大影响。一些格调低下，甚至庸俗不堪的作品充斥着市场，鱼目混珠，导致当下涉警题材的文学作品、影视剧中的警察形象不容乐观。而公安主旋律的作品，又往往因写作者缺乏公安基层一线的生活经历，忽略了人性的光芒，塑造出来的是不食人间烟火的“高大全”形象，缺乏用来打动读者的真诚。

事实上，公安文学有着独特的艺术魅力和审美追求，作品中，人物的塑造和叙事方式，亦呈多元化的审美趋向。如何在纷繁冗杂的线索中另辟蹊径，彰显人民警察的英雄本色；如何借助文学的手段，为群众打开一个了解公安工作的窗口，这或许就是当前需要探讨的公安文学创作的意义所在。就像一枚硬币，在呈现A面的同时，B面正等着你去挖掘、探索。这便是小海的故事给我的启发。

作品的生命①

今天，我很高兴站在这里，也很荣幸能拿到这个奖。是意外，也使我惶恐。感谢评委老师们的厚爱！对于我而言，太多的是幸运，因为优秀的作品一定比获奖的多。是你们的阅读，让《守护美丽》这篇作品有了生命。

我是一名来自公安战线的文学爱好者，普普通通。如果没有文字，也许，我和你一辈子都不会相识。感谢全国二百万警察同行，是他们恪尽职守、无私奉献，用汗水、鲜血甚至生命，描绘出盛世和谐的美丽画卷，赋予了我创作灵感的无尽源泉。

在我生活的江南小城宜兴，有一方二十万亩的水域——滆湖。那里有一个“水上警务站”，常年驻守的只有一名水警。他谙熟围网纵横、星罗棋布的水道，掌握劳作于其间的一千多户渔民的家庭情况，甚至养殖的水产种类。他与这片美丽神奇的水域、翱翔的飞鸟、游弋的鱼虾息息相通地生活着。没有白天，没有黑夜，一晃六年过去了，他依然在坚守。

---

① 2009年3月15日，《守护美丽》获“法治与和谐”全国优秀法制作品一等奖，本文系作者在颁奖典礼上的发言。

《守护美丽》的主人公曹警官，以及你我周围像他一样平凡、普通的王警官、李警官们，他们无私奉献、寂寞坚守，大美大爱的情怀，总在无声处鼓励着我，让我有了继续写作的勇气和动力。

今天，我获得的不只是一个荣誉，更是一个注视，是赞许，更有期待。这注视给我的温暖，足以抵御岁月的磨砺，在我今后的创作过程中，成为一种力量，让我坚持写作之路，不抛弃、不放弃！

感谢生活，感谢所有厚爱我的人，感谢组委会给予我的荣誉，更要向那些积极参与社会治安综合治理，文明执法、热情服务，默默坚守的人们致敬！他们远比我优秀。谢谢你们，谢谢各位！

书写生命的丰盈与精彩①

我来自宜兴，是一名普普通通的公安民警。今天，作为省公安作协代表及网络写手，参加青创会并作交流发言，我感到十分忐忑，因为我知道，以我的文学创作经历，实不足以担当此任。

从2002年发表第一篇网络日志到现在，断断续续地，我的写作坚持了九年。如果那些码过的字勉强能算是作品的话，那么摞起来应该也有了厚度。只是惭愧，这些年来，无论我如何努力，都始终觉得自己与文学之路还有一段很长的距离。至少，迄今为止，我认为自己那些文字还算不上是文学。这也是我从事写作以来最为纠结的一件事。

我是从网络上一步步走来的，可以说，没有网络，就没有我今天的坚持。在这里，我还得先从网络聊起。我最初的写作，是从泡论坛开始的。文学、话题，甚至八卦，无所不涉及的天马行空般的网络写作方式，为我凝聚了很旺的网络人气，而那个时候，可以说是写手云集、佳作纷呈的网络黄金时代。虽然我没能

① 本文系2011年5月，作者在江苏省第四次青年作家创作会上的发言。

赶上第一代网络文学写作时代（2001 年以前）的神采飞扬，却也经历了网络商业化写作前的巅峰时代。原本高高在上的文学殿堂之门，忽然变得触手可及，“忽如一夜春风来，千树万树梨花开”，网络文学以汹涌澎湃之势席卷而来，在全民写作时代，似乎成了文学创作的一股不可抵挡的洪流。

事实上，通过网络的即时性、互通性的点评沟通，文学创作的交流方式变得越来越多元化。同时，网络文学的异军突起，为文学爱好者提供了更多尝试写作的平台和机遇，也让普通人的写作梦想成为了现实，让他们平凡的生活艺术化了。我始终认为，网络写作和传统写作只是路径不同而已。如果心中的文学核心价值不曾改变，那么，网络文学和传统文学就只有展示舞台的区别了。

但同时，我们却不得不看到，由于网络作品的“大众”阅读和纯文学写作的“小众”群体的差异性越来越明显，速食文化时代的商业化网络写作模式，让写作者忽视了文化底蕴的沉淀和积累，作品缺乏人文精神，在这个意义上，其无疑是消极的。

繁华过后，让人猛然触及了虚空。我幡然醒悟，开始从懵懵懂懂的无意识码字，转而向有意识的写作实践探索，我的文学创作之路也随之经历了一次蜕变，而这应感谢我参加江苏省作协举办的青年作家读书班的学习经历。那是 2006 年，我有幸作为江苏省作家协会第十七期青年作家读书班学员，聆听文学前辈们讲课。我恍然明白了，作为一名写作者，该如何借助文学独特的视角书写生命的丰盈与精彩。

我渐渐改掉了随意性较强的网络临屏写作模式，努力在点滴的细节中，学会发现平凡生活中的美，乐为生命的坚韧喝彩！也就是那一年，我的工作发生了变化，我从公安基层一线到了公安宣传部门，这为我的文学创作开辟了更为广阔的天地。

我尝试着用手中的笔去触及这块很少有人涉足的领域。在这里，我之所以用“很少”来修饰，是因为近些年来，有影响力的公安题材作品创作相对贫乏。而为了迎合读者寻求心理与感官刺激的需求，新生代公安作家往往急功近利，忽略了文本的锐度和深度。一方面是公安题材作品空前火爆，另一方面却是近乎模式化的或高大全、或无厘头的警察形象，导致了新世纪以来的公安文学相对处于后继乏人、颇为尴尬的境地。

这几年来，在一次次的创作实践中，我努力以一名写作者应有的沉静和坚守，寻找属于自己的写作经验——在人物的形象塑造上下功夫，通过那些常被人忽略的细节，那些温暖的感动。于是，我有了散文集《铿锵玫瑰》。一些作家朋友读后有了这样的感叹：“原来，公安文学作品还可以这样写！”有了这一次的成功创作实践，再后来的创作就有些得心应手了，知道该如何舍弃冗杂的素材，让文本更精练，让人物更鲜活！

回顾近年来的公安工作经历，我一次次地深入大案要案现场，感受铮铮刑警男儿血与火的激情，疾言厉色、有勇有谋！我一次次地与犯罪嫌疑人对峙、对话，走进事件主人公的内心，挖掘人性最深处的隐秘。我的公安文学创作之路，越走越宽阔。

感谢公安文学这一富矿，为我的创作实践提供了可能。

与文学的一场约会①

我不敢妄谈文学，我怕我拙稚的文字会破坏了她的魅力，可是，我总是在企图靠近她，聆听她的声音，感受她的温暖。

“入无穷之门，以游无极之野。”一次次地翻开那本红色封面的赠言本，细细品读这句语出庄子《在宥》的题词，落笔处，是那位有着显赫身世却低调淡泊的“格格作家”叶广芩的身影。于无声处，我回味着她的举手投足，感受着一位知性女子的优雅沉静、内敛超脱。那一天，她风尘仆仆地从“三秦之地”陕西赶来京城，出人意料地出现在鲁迅文学院第二期公安作家研修班的课堂上，为我们带来了一堂关于文学的精神大餐。在那片宽阔的黄土地孕育着的深厚与博大的情怀里，我跟随着这位智者的目光，“从杨贵妃的东渡之谜，看历史文化的魅力”，一路追寻，一路徜徉在历史的细部和皱褶里。

三个月，九十天，斗转星移。我沉醉在鲁迅文学院这座文学的殿堂里，奢侈地翻阅那些刻上了文学烙印的光阴。从格非“什

① 原载于2014年1月24日《人民公安报》、2014年第2期《家园》杂志。

么是文学经验”的授课，到梁鸿鹰“守望文学的天空”的期待；从国防大学教授、少将乔良对“东海防空识别区与中国周边安全形势”的分析，到中国艺术研究院戏曲研究所所长、博导刘祯的“昆曲与文人文化”赏析；从一次次文学对话到电影、电视剧的创作、解构，何建明、叶小文、白描、刘庆邦、李敬泽、白烨、武和平、张策……四十多堂课，四十多位文学大家、文艺名家、政府官员，从高处的殿堂里走来，精心授课、娓娓道来，一页页、一帧帧，解读着一部叫“文学”的宝典，为我们这些来自天南海北的公安文学爱好者打开了一扇扇创作的方便法门。

时光的年轮从2013翻到了2014。“1314”，这注定是文学的“一生一世”。那一天，我们在北京市西城区莲花池东路三号，一个人声嘈杂、充斥着烟火味的食府里用餐。我的同桌程峰——江西省公安厅宣传处的一名副处长，从冗杂的公务中抽身出来，潜心于这次研修班学习。住在隔壁宿舍的关长安，是一位来自黑龙江消防总队的兄弟。我们仨面对面，微醺着，讲述着。因为文学，那些尘封的故事没有了地域、年龄、职务的隔阂；因为文学，那些逝去的岁月，依然可以鲜活而让人感动；因为文学，不再年轻的自己原来还可以激情飞扬。

终于，又该说再见了。就像人生中的一次次别离一样，鲁迅文学院公安作家研修班的学习经历，只是无数人生驿站中的一个。告别，是为了欣赏下一站的风景。

三个月前，北京的秋日，是写在公安大学门口那银杏树叶上的色彩，金黄绚烂，华美绽放；三个月后，北京的冬夜，是窗外辽远的星空，窗内因文学而年轻的心。

感谢鲁迅文学院，感谢全国公安文联，让我在这个秋冬的北京，仰望大师的星空，与文学这个妙人有了一场约会。

第二辑　让梦想照进现实

让梦想照进现实

2013年7月5日下午，下着瓢泼大雨。听说宜兴市副市长、公安局局长周军要来家中探望，贾姣女士把家中的桌椅抹了一遍又一遍，又叮嘱一双儿女——小平、小燕兄妹俩，把成绩报告单、奖状找出来，端端正正地摆放在桌子上。

很快，楼梯口出现了熟悉的身影。“叔叔来了！”小平兄妹俩争先迎了上去，贾姣也腼腆地站在门口招呼。

来人正是周军一行。来不及落座喝茶，周军便关切地询问起兄妹俩的学习情况。翻看着哥哥小平递过来的“品学兼优”奖状和成绩报告单，周军连连点头：“年年都是品学兼优，不容易啊！不过这门历史课还要加把劲啊！”他指着上面的等级“良”，提醒小平说。接过妹妹小燕捧上的“优秀少先队员”奖状，周军抚摸着小姑娘的头，笑了：“丫头，表现不错啊！学习上有什么困难，告诉叔叔！”周军又耐心地询问了一家人生活上有什么困难。当他了解到贾姣家里的水龙头坏了，用水很不方便时，随即安排人员修理。

追溯周军和贾姣女士一家人的“结亲”故事，还得从2011

年6月29日说起。那天，周军到新街街道西花园一村走访，从社区民警的口中了解了贾姣女士的情况。贾姣是广东乐昌人，在她二十岁那年，被人拐卖到宜兴，嫁给了比她大十七岁的常某为妻。刚嫁给常某时，她终日以泪洗面。好在男人对她不错，她也渐渐打消了“逃走”的念头。不久，她有了身孕，很快便生下了儿子小平。虽然日子过得拮据，倒也恩爱。

可是，简单平静的日子并没有长久。2000年5月，常某犯下了抢劫杀人罪，带着她和儿子畏罪潜逃。2001年3月，他们的女儿小燕在逃亡途中出生。2004年7月，常某在湖南省被宜兴警方抓获。2005年，常某被依法执行死刑。

丈夫被抓后，贾姣带着一双儿女回到了宜兴，与年迈的公公婆婆住到了一起。由于人生地不熟，语言也不通，她经人介绍做了一名小区保洁员，每月几百元的收入，日子过得很是紧张。

不过，这些年来，宜兴公安并没有因为她是一名死刑犯的家属而漠视她，而是始终关心和帮助着她和孩子们。环科园派出所领导和社区民警经常上门，帮助她解决一些实际困难。逢年过节，派出所总是送来慰问金及年货等物品。由于贾姣的户口尚在广东原籍，孩子的爷爷奶奶又相继去世，按照计划生育相关政策，“超生”的小燕一直没能落户，环科园派出所便与村、学校多次协商，为她免除了一笔可观的借读费。

这一天，周军注意到这孤儿寡母的三口之家一贫如洗，屋子里除了一张床以外，几乎没有其他家具，随即为他们送来了床、写字台、沙发和彩电等家具电器。当他了解到小燕还是“黑户”后，又当即批示，特事特办，在最短的时间内把小燕的户口办好，确保孩子有个理想的求学环境。

一晃两年多过去了，在周军的关心和辖区派出所民警的照顾下，贾姣一家人的生活有了很大的变化。看着一双儿女变得越来越开朗，学习也越来越刻苦，贾姣倍感欣慰和温暖。

五个川娃子和四名宜兴警察叔叔[①]

这是一根用爱心串起的红线，一头是四名宜兴警察，另一头连着五个川娃子。

五年前，宜兴警察龙云海和同事刘小东在赴重庆追捕一名网上逃犯时，看到当地一些孩子因家境贫寒而辍学，过早地踏上了养家糊口的谋生之路。临走时，他们决定尽自己所能资助几位当地的贫困生，请重庆同行帮忙寻找结对助学对象。两位警官办完案回到宜兴后，同事徐煜、王敏闻听此事，欣然加入了结对助学的行列。

很快，重庆同行寄来了资料：来自当地四个贫困家庭的五个孩子，成绩都很优秀，却因家境贫寒，面临着不得不辍学的局面。

第一笔三千元助学金汇了过去；一年后，五千元助学金汇了过去；第三年，七千五百元助学金汇了过去……这些来自江苏宜兴的助学款，对于几个一贫如洗的家庭来说，无疑是雪中送炭。

---

① 原载于2012年7月13日《人民公安报》，有删节。

耀耀，时年十二岁，五年级学生。父母离异后，他跟随母亲改嫁。继父原有两个孩子，一家五口人就靠继父卖苦力挣钱维持生活，家境十分窘困。为了供他读书，他的母亲每天到工地上打工，可日子依旧捉襟见肘。每当新学期开始，要交学费，他的母亲总要东拼西凑，甚至去借高利贷。为了能让他读书，这些年来，他们一家人省吃俭用，甚至过年连新衣服都舍不得买。即使这样，耀耀也依旧面临着随时失学的可能。

收到龙云海等四名宜兴警察的助学款后，耀耀的母亲激动得热泪盈眶。她说，有了这笔助学款，她就不用到外地打工赚孩子的学费，可以安心在家照顾耀耀了。

在这些孩子中，家境最差的要数小貂、小鹏姐弟俩。当年结对助学时，他们分别上小学五年级和三年级。姐弟俩的父亲在他们年幼时离家出走，至今下落不明。母亲常年患病且有智力障碍。姐弟俩除了读书，每天还得干繁重的农活。因为缺少营养，他们身体得不到健康发育，要比同龄人矮小、瘦弱很多。可姐弟俩就是在这样吃不饱、穿不暖的情况下，半夜三更起床发奋读书。姐姐学习成绩优秀，连年被评为“三好学生”。

由于家境和身体等缘故，小貂同学曾多次产生退学的念头。与她结对助学的徐煜得知这一情况后，通过书信、短信等交流方式，鼓励她在逆境中学会坚强，陆续资助了她近万元。在徐煜的鼓励下，小貂同学很争气，初中、高中都考上了县里最好的学校。

五年来，四名宜兴警察用爱心资助着五名川娃子，受资助的孩子也时常给宜兴的警察叔叔们写信汇报自己的学习、生活情况。

“有了交流和反馈，我们就能知道下一步该做什么，如何继续帮助他们。”读着孩子们的来信，警察叔叔们常常陷入沉思，“我们可以去看望这些孩子，给他们一些鼓励。”念头一旦在脑海里萌生，便会生根发芽。随着时间的推移，这样的想法越来越强烈。2012 年 7 月初，四名宜兴警察决定利用公休时间，驱车前往重庆，看望这些孩子。在长途跋涉了一千六百多公里后，一行人于第二天中午抵达了重庆市奉节县。

稍事休整，第三天一大早，在当地同行的陪同下，宜兴警察一行前往这些受资助的孩子家中探访。

雨后的乡村公路满是泥泞。汽车在颠簸中行进。两三个小时后，在连绵的大山脚下，担任向导的当地同行指着半山腰的一个村落说，就是那里了。

望着上山的羊肠小道，大伙儿决定徒步上山。可是，看上去似乎就在眼前的村落，却走了半个多小时才到达。这里就是目的地——小貂姐弟俩的家。

两间潦倒的土砖瓦房，小貂母亲佝偻的身子和饱经风霜的脸庞……家里几乎没有什么像样的家具，唯一的家电就是一台电视机……眼前这一切让几名宜兴警察的心忽然变得沉甸甸的。

小貂他们姐弟俩终于见到了五年来默默帮助他们的宜兴警察叔叔。他们兴奋却又腼腆地拉着徐煜等人的手，认真地汇报着各自的学习情况，而警察叔叔们则关切地询问姐弟俩学习和生活上的困难以及今后的打算。

相聚的时光总是很短暂，很快就到了该说“再见”的时候。警察叔叔们给小貂姐弟俩留下了六千元的助学款，鼓励他们好好学习，将来报效祖国。随后，一行人又风尘仆仆地赶往下一名受资助的学生家。

“龙叔叔，炎炎盛夏，你们来山区关心我的成长，让我和家人非常感动，无法用语言来表达这种感谢。”这是结对学生小静发给龙云海的短信。虽然只是和这些大山里的孩子短暂相处，但孩子们的身影却深深地烙在了四名宜兴警察的心里，挥之不去。从此，他们的心里就多了一份牵挂，因为大山深处的每个孩子都让他们放不下。

一个都不能少

2011年盛夏的一个午后，宜兴市西渚镇篁里村一个普通农户家里来了几位特殊的客人。当时任宜兴市公安局刑侦大队大队长、现任宜兴市公安局副局长的储小悦将一万元助学款塞到农家女孩杭杭的手中时，她的脸上露出了久违的笑容。

就在几天前，杭杭以346分的优异成绩被南京一所大学顺利录取。多年来的大学梦即将实现，可杭杭来不及喜悦，就和父亲一起因随之而来的大学生活必要的开支而陷入了深深的焦虑之中。在拿到录取通知书的那一刻，她看到平日里老实巴交的父亲沉默了，不住地用手挠着头，那分明是挤出来的笑容里，藏不住的是焦虑。她明白，接下来的日子里，为了自己这笔高额的学费，父亲又得到处求人、东挪西凑地借钱了。可让杭杭做梦都想不到的是，正在这时，她接到了刑警大队的电话，被告知，大伙儿正在为她募捐筹款，让她安心去上学。接完电话，杭杭一下子就觉得心里暖暖的，悬着的心终于放下了。

在杭杭的记忆里，妈妈长什么模样，早已没有印象。在她和妹妹很小的时候，妈妈就离家出走了。爸爸身体不好，含辛茹苦地拉扯着她们姐妹俩。一家人全靠几亩地维持生计。

这些年来，父女三人相依为命，过着清贫的日子。随着姐妹俩一天天长大，各种生活费用越来越多，让这个本来就贫困的家庭雪上加霜。直到有一天，他们的生活发生了改变——

那是2006年1月的一天下午，在西渚中心小学的一间办公室里，杭杭第一次见到了储小悦等人。那一天，杭杭见到陌生人时，攥紧了冻得通红的手，羞涩地低下头，眼睛盯着脚尖，就是不说话。还是一旁的尧校长解了围，介绍说，杭杭刚在月考中，又拿了全年级第一。临别时，储小悦塞给了杭杭一笔助学款，鼓励她好好学习。

原来，刑警们是和杭杭的妹妹婷婷结对助学的，可了解到她们的家境后，决定将姊妹俩一起帮扶助学。没过多久，便放寒假了。刑警大队的叔叔阿姨专程接了姊妹俩去城里，带着她们逛超市、买衣服，还带她们去公园玩。这是小姐妹第一次到宜兴城里玩。这一天，是姊妹俩记忆里最快乐的一天。

从那以后，姊妹俩每年过年的新衣服都是刑警叔叔阿姨们买来的。逢年过节，姊妹俩会被带到城里玩。刑警叔叔阿姨给她们买来各种好吃的东西，还带她们参观警营，让她们对警察有了更直观的了解。

每逢开学，刑警们便会主动替姊妹俩缴纳学杂费等，先后捐助了一万余元的财物。这些年来，每每忆起刑警们给予的无私帮助，姐妹俩的心底总会漾起一股温情。她们说，这些年来，有太多太多的感动，激励着她们努力学习。等将来毕业工作了，她们一定要做对社会有用的人，去帮助更多需要帮助的人。而对于妹妹婷婷来说，恐怕这样的感受更加深刻——

婷婷刚上初中那年，一天，老师突然打电话到家里，问婷婷怎么没来学校。可婷婷一早就背着书包出门了，会到哪里去呢？一家人急得到处找，就是没有消息。情急之下，杭杭拨通了刑警队的电话。接到电话，几名刑警立刻赶了过来，最终在婷婷的小学同学家里找到了她。原来，婷婷考上初中后，因家境清贫而有了自卑感，又一下子适应不了紧张的中学生活，成绩每况愈下，便萌生了厌学的念头。

一个都不能少！为了帮助婷婷重返学校，储小悦又亲自上门做起婷婷的思想工作来。了解到婷婷想换一个学习环境，他便千方百计地帮助联系、协调，替婷婷办理了转学手续。在新的学习环境里，婷婷的成绩进步很快，几乎每年都是品学兼优学生。

这些年来，在姐妹俩的心里，刑警队的叔叔阿姨们早已成了她们的亲人。有一年春节前夕，姐妹俩的父亲背着一袋米，抓了两只老母鸡，来到宜兴市公安局，说，快过年了，想送一点儿土特产，感谢这些年来帮助自己一家人的刑警们。刑警们自然是婉言谢绝，说还是留给正在发育的姐妹俩补身子吧。她们的爸爸坚持了半天，拗不过，只好作罢。

路标

2011 年 7 月 17 日，一场罕见的特大暴雨袭击了宜兴市宜南山区。一时间，山涧暴涨，洪流像猛兽般扑来。茗岭山区的主干、支流水位急剧上升，库水猛涨，山体滑坡，险情不断，群众告急。

当晚，宜兴市公安局“110 指挥中心”陆续接到群众报警称，湖㳇镇竹海新村一些农户家里进水，灾情严重！接到指挥中心处警指令后，湖㳇派出所徐林等人迅速赶到现场。只见瓢泼般的暴雨中，湍急的涧流夹杂着泥沙汹涌而下。村子里的低洼处几乎家家户户的地下室都浸了水。警车在村道上涉水前行，很快便陷在泥水里不能动弹。而此刻，路上的积水已漫过了膝盖，雨靴根本派不上用场，大伙儿索性下车卷起裤管、光着脚蹚水前行。

这时，只见村民杨老伯慌张地拄着拐杖站在家门口，看到民警们，像是看到了救星般喊了起来：“快来帮忙，快来帮忙啊！”原来，杨老伯家中正在装修，屋子里堆满了夹板、木料、地毯等装修材料，而杨老伯腿上有伤，搬不了什么东西，水势又来得异常迅猛，眼看着那些装修材料就都要浸水报废了！徐林见状，立刻招呼大伙儿齐心协力把这些装修材料安全转移，又劝说地势低洼处的村民立刻转移，确保万无一失。

暴雨依旧下个不停，平时温顺的山涧变得暴躁不安。肆虐的洪水漫过河堤，汹涌而来。为严防暴雨引发水库大坝“管涌溃坝”的重大险情，民警们在辖区沿线水库等重点地段加大巡查力度，严防死守。在狮子山路段，民警发现一侧山体受暴雨冲蚀而引起了滑坡，泥沙碎石挡住了汤省线的半幅路面，险情一触即发！民警们立刻拉起了安全警戒线，由专人看护，提醒过往车辆绕行，并及时清除路障，恢复道路畅通。巡查至竹海村岗下组时，民警发现路边有两个农户所处的地势较低，屋旁又正好有泄洪道，院子里早已成了一片汪洋。这两户人家的男主人是兄弟，都外出打工了，只剩下妯娌俩慌张地望着院子里急剧抬高的水位，不知所措。见此情形，大伙儿顾不上考虑更多，冒着雨，光着脚，用锄头扒开了泄洪道，让洪水改道，流向下游。险情被排除，妯娌俩的脸上露出了笑容。

当晚八时许，沈旭智等人来到省庄村救灾。低洼处的农田早已被洪水淹没，路面上的积水涨到了膝盖，汽车根本开不进村。于是，他们便下车蹚水前行，挨家挨户地喊话疏散群众，还帮助沿途那些被洪水困住的车辆及群众，先后成功救援了十余辆熄火抛锚的汽车。

18日凌晨零点三十分许，民警们驱车来到龙池村时，被眼前的场景震住了！只见村子里到处是积水，汽车缓慢地在水中前行，就像是一片随时要被吞没的树叶……突然，在车灯的照耀下，一位老人站在不远处的路中央，举着手电筒拼命地挥舞。原来，当晚暴雨引发停电，余老伯打了手电出门查看，可谁知越走水越深，老人根本分不清楚哪里是路，哪里是河。眼看着水越涨越高，老人几乎要绝望时，民警及时赶来营救了！老人被救上车后，惊魂未定地告诉民警，家里的洪水已经没过了膝盖，可老伴和小孙子还在家里！民警们立刻赶到了老人的家中，从洪水中将老太太和十来岁的孩子安全转移了出来。事后，老人感激地说，自己活了六十多年，从来没有见到过如此大的暴雨，感谢民警救了他和家人。

18日凌晨三时许，暴雨渐渐弱了，暴涨的河水也消退了，险情被一一排除，满身泥浆的民警们这才陆续休息。

谁是我的救命恩人

2012年4月26日，对于宜兴市张渚镇的陈老伯、徐阿姨夫妇来说，是一辈子都忘不了的日子。他们逢人便说，真要感谢民警和这些好心人哪，没有他们的救助，也许我们老两口早没命了。没有他们帮忙打捞，三轮车就只能沉在河底了。

4月26日那天，老两口给受伤住院的女儿送饭，途经桃香苑小区时，为了避让一名行人，来不及刹车，电瓶三轮车直接冲下了堤岸，两位老人随车一起坠入了张渚河中。

事发之时正是中午时分，小区里有不少居民在家。听到有人喊救命，居民们立刻拿了竹篙、绳子、梯子等工具救人，并拨打“110”报警电话。

接到群众报警后，张渚派出所“110接处警”民警迅速赶到了现场。在热心群众的帮助下，两位落水老人被顺利救上了岸。徐阿姨在河里呛了水，这意外的落水可把她吓得不轻。陈老伯更是惊魂未定，左腿被铁皮刮出了一个十多厘米长的大口子，鲜血直流。他被立刻送往医院救治。

人安全获救了，可数千元的电瓶车对于家境并不宽裕的两位老人来说，却是一件不小的家当。“我们年事已高，又受伤住院了，掉到河里的电瓶车可怎么打捞?”病房里，两位老人一筹莫展、唉声叹气。

让两位老人想不到的是，这件事引起了张渚派出所领导的高度关注，随即指派东街社区民警陈旭初率所里组建的专业救生队进行打捞。由于河道较宽，河面离堤岸足足有四五米，水深也有三米多，要打捞起沉在河底的电瓶车，可不是件容易事。顾不上冰凉的河水，协警贾柏松、白永军、丁一卿等人先后跳到了水中。他们在淤泥里一路摸索，终于找到了电瓶车的确切位置。

可是，经过改装的车篷在河水的浮力下完全撑开了，再加上金属边角十分锋利，警用救生绳根本承受不住。他们试了几下，实在没办法打捞起电瓶车。几次失败后，民警借来了专业吊装带。没有吊装设备，大伙儿就靠最原始的人力，齐心合力将电瓶车成功拉上了岸。

由于身体浸在又臭又脏的河水中数小时之久，贾柏松等人的皮肤都过敏了，生了许多小红疙瘩，可没有一个人有怨言。

考虑到两位老人生活拮据，本着为群众办实事、解难事的出发点，向所领导汇报后，陈警官积极帮助老人联系修理被损坏的电瓶三轮车。但是，该品牌的电瓶车在张渚镇已没有经销店，缺少配件。经多方打听、联系，陈警官在一家修理店里找到了配件，并帮老人支付了修车费。

5 月 3 日上午，听说老人出院了，陈旭初专程将车子送到了老人家里。看到修复一新的电瓶三轮车时，陈老伯的眼里噙满了泪水。他连声感谢民警英勇救人，感谢派出所领导的关心和帮助。徐阿姨则拉着陈旭初，希望能留下联系方式，说等老伴的腿伤恢复了，一定上门好好感谢恩人。

面对两位老人的执意感激，陈旭初淡然地说，没什么，这是自己应该做的，并从手机里翻出了一个号码留给老人：“这是一位参与救人的群众的电话，应该感谢他们的见义勇为!”

恰似杜鹃映天红[1]

5月的宜南山区，火红的杜鹃整齐地绽放，远远看去，如同千万颗红星在闪耀。

2013年4月19日，四十七岁的无锡高速四大队（宜兴大队）民警许克新在执勤时，生命被定格在了一起交通事故现场。战友们说，他化作了满山火红的杜鹃，永远盛开在我们心中。

一、生命定格在路上

2013年4月19日，原本只是一个普通的日子。

这一天的早上七时许，许克新和同事在路上连续巡逻了三个小时后，返回高速大队休息。他在办公室里泡上了一杯热茶，把手机插上了充电器。他是前一天傍晚上岗的，再过一个小时就可以下班了。按惯例，在单位食堂吃早饭时，他会遇上大队副教导

① 原载于2013年5月15日《江苏法制报》，有删节。

员蒋权平。这时，他总会乐呵呵地说一句："蒋教，你看我镇得住吗？又是一起事故都没有……""镇得住。"这是许克新的一句口头禅，言外之意就是加强了路面巡逻管控工作，事故自然也就不会发生了。

可刚喝了一口茶，桌上的报警电话就响了。从电话的另一端传来宜兴市公安局"110 指挥中心"的指令，长深高速杭宁方向两千一百四十四公里处，一辆牌号为"浙 G66 × ×C"的轿车撞上道路中央的隔离护栏后侧翻，造成单方交通事故。

此刻，时间是七点零六分。

放下电话，许克新立即和同事赶到了二十六公里外的事故现场。驾车的是位女司机，她只是受了惊吓，没有受伤。许克新一边安抚她，一边和同事在事故现场摆放警示锥桶、设置警戒区域、联系清障车辆、勘查事故现场……很快，两辆清障车先后赶来施救，救援工作有条不紊地进行着。

八点二十五分，侧翻的事故车被吊起复位。这时，事故车女司机李某称自己的证件、钱包还在车内，要去取出来。"安全第一。"许克新让两名协警负责警戒，自己护送李某到事故车辆旁。这时，另一辆浙江牌照的轿车飞驰而来，闯入了警戒区域，撞倒了许克新和李某。

正在这时，同事孙玉新驾驶警车赶到现场接班，协警急忙向他喊："出事了！"

"你可能内脏受伤了。"孙玉新抱起被撞飞在路边的许克新，看到他的鼻子、嘴都在流血。

"赶紧救人！兄弟，回头和嫂子说一声。"许克新说完，便昏迷了。

"不要睡！"孙玉新不停地呼喊着许克新，同时通知"120"急救。

许克新和李某被迅速送到了宜兴市人民医院。李某经抢救无效死亡，许克新重度昏迷。

“不惜一切代价，全力抢救!”无锡市副市长、公安局局长赵志新闻讯后迅速作出批示，并派局领导赶赴宜兴协调抢救工作，同时协调无锡市人民医院派出胸外科专家到宜兴会诊。宜兴市副市长、公安局局长周军第一时间赶到医院看望并协调宜兴市人民医院组织最强力量抢救。

许克新的同事们闻讯后，纷纷赶到医院，静静地守候在抢救室外，祈祷出现奇迹。可是，许克新伤得太重了：肋骨骨折，肺挫伤，肝脏破裂，多脏器功能衰竭……手术、综合治疗等一系列措施已回天无力。

当晚六时十分，许克新的心脏永远停止了跳动。

二、此情可待成追忆

1966 年 12 月，许克新出生在宜兴市大浦镇一个普通的农家。他 1984 年参军入伍，在武警部队镇江支队服役。1989 年 3 月，许克新加入警队，先后在派出所、交巡警等部门工作。从警二十四年，他没有惊天动地的事迹，却如同宜南山区漫山盛开的杜鹃，将一个个美丽瞬间永远留在了战友、同事们心中。

“无锡高速四大队辖区高速公路 47.8 公里，哪一段弯道大，哪一段车辆拥挤，哪一段冬天易结冰，老许都了如指掌。”大队副教导员蒋权平哽咽着说，“高速交警上夜班最苦，从晚上七点到第二天早上七点，两次主线巡逻，不能有丝毫马虎。老许当班，总是抢着开车。每次他都说，长时间驾车很累，他驾龄长、技术熟，要确保一车人安全。”

在同事老苏的眼里，许克新待人热情，工作起来闲不住。他处理交通事故的方式很灵活，有时候，高速公路上发生了轻微剐蹭事故，双方当事人在高速路上僵持不下，非常危险，他总是三言两语就把双方劝和，通过简易程序快速处理事故。

河南籍大客车司机何师傅闻听消息后特别感伤。他说，有一年冬天，他驾驶大客车进入苏浙省际治安卡口时，被许克新拦下来例行安检，因为车上没有设置“安全锤”，被教育并罚款二百元。随后，许克新又找到另一辆大客车，作价买来车上备用的“安全锤”，帮他装好才放心离去。从这以后，他和许克新交上了朋友，每次路过，总要打个招呼。

“2008年南方大雪，长深高速蠡河大桥桥面长一公里多，积雪难化，桥面大面积冰冻，过往车辆极易打滑。为了消除事故隐患，老许驾驶警车，亮起警灯，配合我们路政部门的融雪剂撒布车，轧道断后。其实这样做，我们安全了，他的风险变大了。”长深高速宜兴养护工区主任昌江涛痛惜地说，“每当老许上路巡逻，我们总会打招呼：‘老许，又去忙啦！’他则总是乐呵呵地回一句：‘为人民服务。’如今，漫山的杜鹃映红了天，却再也见不到老许熟悉的笑容了……”

许克新因公牺牲的消息传开后，陶都百姓和战友们自发地在网上留言追思。网友gkhbs：“做个交警也不容易啊，发生这种事情确实让人感到痛心。愿天堂里没有车来车往！”絮飞飞：“警察也是一个高危职业，还不被人理解。”半颗糖：“人家文明驾驶，悲剧就能避免。”春水东流：“你牺牲在自己挚爱的岗位上，你是我心目中最平凡的英雄！”cbhz888：“每逢巡逻上线，你总说，先上去转转，看看路况，心里就有底了。没想到这次竟成了永别。兄弟，一路走好！”

三、《春天里的怀念》

（一）

2013 年 4 月 19 日
一个乍暖还寒的春日
你把最后一缕呼吸
和一名高速交巡警的担当
留在了默默坚守的岗位上

从此，警队里多了一张办公桌
桌上放着一杯没来得及喝的茶
家中的饭桌上少了一双筷子
有一个词，被尘封在孩子的记忆里

（二）

轻轻地，请放慢你的脚步
能否驻足听一听
身后那一声声呼唤——

父亲呀，你怎么就忘了这个“五一”
是女儿订婚的日子
你可是答应了
要牵着我的手，嘱托给我的那个他

亲爱的孩子啊
请原谅父亲的不辞而别
我是多么想看着你长大
成为一位美丽的新嫁娘

我也只是一个平凡的普通人
也有儿女情长——
我多么想守着我的爱人
看日出日落，陪她一起慢慢变老

可是，我是一名警察
忠诚、大爱
守护百姓平安
是人民警察的天职！

（三）

战友啊，今夜
繁星为你照亮了远行的路
请擦干泪，为你骄傲
让我们再一次凝望你远去的背影

愿天堂里鲜花盛开
不再有车来车往

让思念化作一颗颗种子
播撒在这片蓬勃的土地上
等待来年的杜鹃花儿开

信访室里的“解和”警察

2008年8月的一天，宜兴市公安局的一间信访办公室里，突然冲进来一群人，抬着一名半身瘫痪的男子，怒气冲冲，扬言要去省城上访。现场气氛顿时紧张起来。负责信访工作的孙解和①警官见状，一边“大姐”、“大哥”地招呼，一边忙着让座端茶。可是，来者根本不吃这一套。推推搡搡中，不知谁一扬手，把一杯滚烫的茶水打翻在孙解和的手背上。孙解和从事信访工作这些年来，什么样的人没见过？耍赖的，威胁的，拍桌子的，骂娘的，嚷嚷着要自杀的，甚至说想杀人的……可是，在他和和气气的接访中，没有化不开的冰霜。

“来，大家坐下，喝点儿茶水消消气。”孙解和忍着被滚烫的茶水烫伤的痛，继续和声和气地招呼。一旁的谭大爷可吓坏了，拼命拽着让他快走，还侧过身去替他挡住那群人。

对方盯着孙解和红肿的手背，脸上有些挂不住了，低下头说了句：“对不起了。”孙解和依旧是乐呵呵地摆手：“没事，没

① 孙解和，全国公安机关爱民模范、全国优秀人民警察。

事。”刚才剑拔弩张的气氛一下子缓和了。

经了解，眼前这名瘫痪的男子姓赵，因无证驾驶发生事故致残，为了赔偿问题来访。

过了两天，孙解和买了水果上门探望。这是一户清贫的农家，三间平房冷冷清清地坐落在公路边。现在男主人瘫在床上，家里一下子缺了顶梁柱。回到公安局，孙解和向局领导汇报了这一家人的困难，协调相关部门给予照顾性补偿。经过反复与信访人及家属沟通，最终达成了一致意见，赵某表示从此息访。

可又有谁会想到，就在几个月前，那位护着孙解和，让他“快走”的谭大爷，也曾是来势汹汹地冲进信访办公室的呢？有很长一段时间，谭大爷三天两头来访，孙解和总是耐心地听，反复做政策解释工作，向老人说明诉求不符合政策条件的原因。渐渐地，老人的心结解开了，态度也友善起来。一些时候，老人会主动上门，请孙解和为其子女的工作、生活等做参谋。碰上其他信访户，老人还主动帮忙宣传信访政策，做起了义务法制宣传员。谭大爷常挂在嘴边的一句话是：“孙警官面善、心好，说话和气。”

这些年来，说这样话的人还真不少。一天，孙解和正在信访室里接待来访者，突然，一名中年男子匆匆走进信访室，手里拿着锦旗，从随身携带的包里掏出锤子、钉子就往墙上钉。来人姓钱，是一名木匠，被包工头拖欠了一千五百元工资。这点儿钱，对很多人来说算不了什么，但老钱靠手艺吃饭，赚的是辛苦钱，家里等着这钱开销呢。久催无果，老钱就把包工头告上了法庭。包工头怕吃官司，私下托人约了老钱，假意还钱，向老钱讨欠条。老实巴交的老钱不知有诈，便将欠条交给了对方。欠条到手，包工头将欠条撕得粉碎，翻脸不认账。老钱气昏了头，过了几天才想起报警。由于证据灭失，接处警民警一时难以处理。老钱憋了气，来公安局信访。

面对老钱那恳切的目光，孙解和安慰道："你别着急，先喝口水，慢慢说。"听着孙解和的一番劝慰，老钱的火气先消了一半，随后讲述起事情的经过来。

了解情况后，孙解和立即联系相关派出所在充分调查取证的前提下，予以协调解决。包工头见赖不掉了，只好如数支付了老钱一千五百元工资。

打这以后，老钱就把孙解和视作无话不谈的知己，生活中遇到了困难，常常打电话或是上门求教，孙解和也乐意地攀了这门"亲"。

如今，孙解和身边的"亲人"越来越多了。每到新学期开学前夕，孙解和总会按时寄给姜堰市一家农户一笔助学款。这是个老信访户。十多年前，老人在宜兴打工的儿子、儿媳在一起命案中遇害，案件悬而未破。老人上有老父亲要赡养，下有未成年的孙子要抚养，家境十分困难，无奈地走上了上访之路。为了妥善解决这一信访案，在孙解和的努力下，宜兴市公安局将老人尚未成年的孙子（即案件被害人的儿子）作为结对助学对象，资助其完成学业。前些日子，孩子考上了当地的重点高中，写来了感谢信，感谢宜兴公安多年来的帮助，说立志要报考公安大学，做孙叔叔那样的好警察。

“拼命三郎”的答卷[1]

“4 月中旬，我们发现了一辆交通事故后被遗弃在现场的套牌车，在汽车后备厢里发现了五十多条香烟、四台笔记本电脑及一个数码相机等贵重物品。通过与近期在江、浙等地高发的盗窃车内财物案件进行串并，发现这是一个涉嫌流窜作案的犯罪团伙……”2011 年 5 月 3 日早上，史伟杰向刑侦大队领导汇报了该系列案件的侦破工作后，立刻和同事们一起赶到了张渚专案组现场。

当日上午九时三十分许，正在忙碌中的史伟杰突然抽搐倒地，不省人事。同事见状，迅速将他送往市人民医院抢救。等他从昏迷状态中苏醒过来，已经是一个多小时以后了。

史伟杰的突然昏倒，经诊断，系中耳炎重度感染导致炎症在颅腔内扩散，压迫脑神经引发的。医生建议先做保守治疗，若一个疗程二十天后，颅腔内的炎症不能自行消失，恐怕就要做手术了。这意味着，这名常年忙碌在案件现场的刑警，将在医院的病床上开始他从警十五个春秋里最漫长的“休假”。

---

① 原载于 2011 年 5 月 18 日《江苏法制报》。

当日上午，刑警大队领导接到史伟杰突然昏倒的消息后，立即赶到医院，守护在病床边，直到第二天诊断结果出来，排除了最坏的可能，这才放下心来。是呀，这些日子以来，刑警队的兄弟们可都没轻松过啊！而史伟杰这个大伙儿公认的“拼命三郎”更是冲锋陷阵在案件侦查工作的最前沿。就在旧历的年前，他和同事奔袭贵州追逃，八天里愣是抓回了五名网上逃犯。

同年1月10日，当获悉某专盗企业保险箱的犯罪团伙成员分别潜逃回贵州、四川老家时，史伟杰和同事们组成了两个抓捕小组，分赴贵州、四川两地对嫌犯进行抓捕。当日，当史伟杰等人抵达贵阳时，已经是晚上十点三十分了。天下着冻雨，气温很低，离目的地黔南自治州的都匀还有一百七十多公里的路程。此刻，贵州全省气温普遍在零摄氏度以下，境内道路大多出现凝冻，高速公路已全线关闭。而山区道路崎岖，冰天雪地路滑，即使是白天，也没有驾驶员愿意走，更何况此刻已临近午夜。可史伟杰和同事们几乎没有犹豫，在风雪中等了半天，终于拦到了一辆出租车，直奔黔南州首府都匀。汽车艰难地在风雪凝冻的路上跋涉了三四个小时，才终于抵达了都匀。等安顿好住下来，已经是凌晨三四点钟了。

天一亮，史伟杰和同事们便直奔都匀市公安局协调工作。随后，他们又迅速赶到一百公里外的瓮安县（两名犯罪嫌疑人马某、吴某的老家），与当地同行伏击守候，一直忙碌到第二天凌晨三点多钟，终因时机未成熟而没能动手。

到了第二天下午三点多钟，机会终于来了：犯罪嫌疑人吴某骑着摩托车晃晃悠悠地下山了。他们在当地警方的配合下，随即以检查车辆年检情况的名义对其进行盘查。说来也巧，见警察盘查，另一名犯罪嫌疑人马某也下山看热闹来了，这无疑为抓捕工作提供了绝佳机会。大伙儿一拥而上，将两名大盗一网打尽。

三天后，史伟杰和同事们在贵州警方的配合下，在贵阳市的城郊接合部抓获了涉嫌持刀抢劫的贵州黄平籍周氏兄弟。

1月16日，史伟杰再次赴贵州追逃，这一次的抓捕对象是一名涉嫌故意伤害的犯罪嫌疑人黎某。经过大量的排摸工作，宜兴警方掌握了案发后黎某和他的同伙分头隐匿于贵州安顺、浙江湖州、江苏宜兴等地的信息。不能事先走漏风声，给抓捕工作造成困难！经过缜密的计划，宜兴警方决定在贵州安顺、浙江湖州、江苏宜兴三地联手实施抓捕行动。1月17日（农历腊月十四）下午，史伟杰和同事们在风雪中跟踪了犯罪嫌疑人黎某三四个小时，转了大半个安顺城，终于瞄准时机，在安顺同行的配合下，将嫌疑人黎某一举擒获。与此同时，湖州、宜兴两地警方同时动手，抓获了另两名嫌犯。当晚，史伟杰和同事们押解着犯罪嫌疑人黎某，冒着暴风雪平安返回了江苏。

“这回我们终于可以说说话了。你工作起来没日没夜，常常几天几夜不见人影，就算是回来了，我和孩子也早睡了，压根儿就没有时间说话。”病床前，警嫂谢丽锋含泪嗔怨。她知道史伟杰的中耳炎是老毛病，因为忙工作，没放在心上，可没想到扩散了，有了后遗症。

作为一名警嫂，谢丽锋理解丈夫的辛苦。丈夫是一名刑警，总是忙忙碌碌地，要么就在案件现场，要么就在追逃的路上。这个“五一”放假，她终于逮住他一起去太华乡下老家看望母亲，可刚坐下来，凳子还没焐热，就听到他接电话，说有案件了。她明白，这个时候自己说什么都是多余的，便啥也没说。那天夜里十一点钟，她听到他回来的声音，知道一定是破案了。

十多年的夫妻生活，谢丽锋早已习惯了孤枕而眠，习惯了一名刑警妻子的寂寞和担当。

经侦战线上的轻骑兵[①]

“一个县级经侦大队敢于接手和侦办这样的案件，主动出击、跨省追捕，案件办得十分精彩，非常不容易!”这是2010年4月，公安部经侦局领导在侦办“‘无店铺连锁销售’特大传销案”经验介绍会上，对宜兴公安的肯定。在这次全国经侦远程教学经验介绍会上，宜兴市公安局经侦大队史柳云代表宜兴公安作经验介绍。

只需出资三千八百元到六万九千八百元，发展三名下线，根据网络发展情况晋级，最高能获利一千零四十万元。这种以“投资创业”为幌子的新型传销，具有极大的迷惑性和欺骗性。近年来，陆续有宜兴市民被亲朋好友骗到广西桂林、南宁等地，参加“无店铺连锁销售”传销组织，回来后“杀熟”发展下线，导致参与人员越来越多，涉案金额越来越大，造成一些企业经营受挫、家庭矛盾纠纷日益突出，成为影响社会稳定的重大隐患。

某日，为解救被骗到广西宾阳做传销的老母亲，宜兴的两兄弟历尽千辛万苦，找到了老太太住的出租房。进屋一看，一屋子人，

① 本文获2012年全国公安文联主办的“无极限杯”公安经侦题材征文活动三等奖。

多是熟人，七大姑、八大姨的。看到兄弟俩，大伙儿都很兴奋，拉着他们说："来来来，这可是个投资的好机会。要不是看在乡里乡亲的分儿上，还不告诉你们呢。"三天后，兄弟俩被彻底洗脑，忘了千里寻母的初衷，每人掏了六万九千八百元，加入了传销队伍。

针对传销违法犯罪日益猖獗、不少群众上当受骗、社会危害严重的现状，宜兴警方成立了以经侦大队为主要侦查力量的打击传销专案组，由史柳云负责专案侦查。受命后，他和同事们辗转广西等地，深入巢穴，广泛搜集证据、线索，逐步掌握了该传销组织的人员结构等信息。可就在专案组准备实施收网抓捕时，史柳云接到了一个来自广西宾阳的电话。电话里，对方恶狠狠地威胁道："听说史副大队长秉公执法，过两天找人上门拜访（有'修理'的意思）你哟!"

史柳云笑了笑，没放在心上。可没两天，他家的窗户玻璃就莫名其妙地被人用砖头砸碎了，他这才意识到问题的严重性。临出差前，他担心家中老人和妻儿的安全，便悄悄叮嘱妻子："我要出差，家里多当心些。"

"什么时候走？到哪里？"他长年累月地出差在外，妻子早已习以为常。

"马上走，广西。记得睡觉前把门窗关好。"他叮嘱妻子。

在广西宾阳，他带领专案组的同志深入传销人员聚集区，一个小区一个小区、一栋楼一栋楼地走过去，在电话亭、楼道口、商场、集市等人员流动、密集区张贴了三百余份宣传资料，劝说误入"传销"歧途的群众早日迷途知返。在一次抓捕行动中，他们与躲在屋内的嫌疑人对峙了四十多分钟，最后瞅准时机，破门而入，当场抓获三名"老总级"传销人员，并从嫌犯正在焚毁的资料里，夺下了传销人员名册、资料等大量证据。在随后的几个月里，他和同事们风餐露宿，行程万里，足迹遍布江苏、浙江、安徽、广西等地，经常连续几个星期不休息。往往是到了深更半夜，他和同事们还在蹲守伏击。下面为史柳云的日记节选：

3月10日　星期二　广西宾阳　晴

昨晚在宾阳警方的配合下，在工业品综合批发大市场、望湖路等地，我们查获了宜兴籍传销人员聚集地多个，缴获了大量书证、物证，取得了第一手资料，成果颇丰。

兄弟们忙到凌晨一点多，虽然都很疲倦，但今天早上八点就又赶到银行查询相关账册。银行工作人员看到我们递上的四千多笔查询清单时，差点儿晕倒。我们也是一脸歉意——工作量实在是太大了！但没有办法，只能说声“对不起”了。

4月30日　星期四　上海　晴

今天见到已蹲守了一个多星期的两个兄弟时，几乎没有认出来，一个变成了出租车司机，一个变成了街边小贩。只有两个人，但要二十四小时守候。为防止打草惊蛇，他们一星期来已经变换了多个身份。他们俩这些天来风餐露宿，吃尽了苦。好在功夫不负有心人，今天终于抓住了在逃传销头目，并从其身上缴获了较为完整的传销网络体系图，为全案的突破奠定了坚实的基础。

6月5日　星期五　宜兴　晴

今天，和专案组的几个兄弟聊起最近常做的梦，感慨颇多。负责查银行数据的小吴说，晚上梦到的都是数字。话匣子一打开，其他负责追捕、取证、追赃等的几个兄弟都表示有同感，说这些天来晚上做的梦都和打击传销有关。是啊，我们这个专案组只有七名警员，却摧毁了一个几千人的传销网络，抓捕了一百多名骨干头目，其中的艰辛可想而知。

7月8日 星期三 广西柳州 晴

今天在柳州抓获了网上逃犯、传销A级头目李某。李某被抓后，第一句话竟然是："你们抓我怎么也不打个招呼？我是想投案自首的。"他的话虽让人哭笑不得，却也耐人寻味，原来逃亡的日子不好过。

下午，在逃人员袁某给我发了条长长的短信，诉说传销给他及家人造成的危害，并表达了要投案自首的想法。同时，他强烈要求公安机关"挖掉这个毒瘤（指传销）"。看到这样的短信，我感到肩上的责任重大。

随着案件侦查工作的不断深入，史柳云的手机渐渐成了传销人员的"热线"，一些误入歧途的传销人员纷纷找上门来投案自首。在高峰期，他曾一天接待了十多名前来投案自首的，忙得他脱不开身。有一段时间，某女士为了唤醒陷入传销泥沼的老公，多次打电话咨询他。有一天深夜，她因丈夫执迷不悟而闹起离婚，一个电话拨过来，说找史警官帮忙调解。虽然这不是自己的职责，但为了尽可能地化解社会矛盾，史柳云还是苦口婆心地劝导，直到两个人情绪稳定、破涕为笑。而这时，东方已露出了鱼肚白。

对于那些警方已掌握的传销组织者、参与者，他则千方百计地通过电话、上门走访等途径，敦促其到公安机关自首，争取宽大处理。在强大的政策法律攻势下，一些涉案人员主动投案自首后，又去规劝他人自首，由此形成了良性互动。

史柳云和同事们通过宽严相济的工作方法消除嫌疑人的抵触情绪，先后教育、劝导该传销组织涉案人员三百余人次，追缴赃款累计一千余万元，依法逮捕一百零六名涉案犯罪嫌疑人，其中八十七人被判刑。该案由公安部、江苏省公安厅督办，被列入"江苏公安2009年度十大经侦精品案例"。

点亮空巢老人的心灯[①]

说起宜兴市公安局宜城派出所副所长苏伟平，宜城街道大人巷等一些小区的居民无不竖起大拇指，连声称赞他是一个不折不扣的“热心肠好警察”。

宜城街道大人巷那些建于二十世纪八九十年代的建筑里那逼仄的楼道，对于苏伟平来说是再熟悉不过了。他曾是这里的社区民警，谙熟这里的每家每户，甚至一草一木。如今，随着岁月的流逝，这里的居民们渐渐年事已高，儿女们大多已成家立业，平日里家中只剩下老人孑然孤独的身影。这些年来，只要听说哪位老人家里有困难、谁遇到什么麻烦需要帮助，他就会热情主动地上门帮助。日子一长，老人们就习惯了和苏伟平在一起聊聊家常、说说最近小区里的新鲜事，包括哪户人家搬来了新房客。而就是这种看似闲聊的方式，无形中给公安机关带来了不少破案线索，辖区里可防性案件的发生率同比下降了16%。

前几天，苏伟平听说住在大人巷十一栋的冯老师病了，担心

① 原载于2012年12月10日《江南晚报》。

老人的身体情况，便利用中午休息时间买了水果去看望老人。在楼道里，听到苏伟平的声音，冯老师颤颤巍巍地迎了出来，见面后的第一句话便是："儿子，你又来看我了。"冯老师是一名退休老教师，年近八旬，儿女已成家立业。几年前爱人去世，她成了空巢老人。在社区走访工作中，苏伟平得知这一情况后，经常上门和老人唠嗑。老人有什么事情，也总爱找苏伟平商量。渐渐地，老人把他当成了自己的亲人，而照顾老人也成了苏伟平工作、生活中的常态。无论多忙、多累，隔三岔五地，苏伟平总会到老人家里转一圈。他一到，老人就高兴得合不拢嘴，一老一少总有说不完的话。老人逢人就说："我是老来得福啊！"

辖区里有一位汪老伯，前些日子为他孙女小言言的户口一筹莫展。小言言今年七岁，就要上小学了。可是，儿媳妇生下孙女后不久就离家出走了，儿子也下岗了。前些年城市改造，住房拆迁，目前一家人租房子住，导致孙女的户口一直没有申报。眼看着小言言就要上小学了，这可怎么办才好？了解到这一情况后，苏伟平主动通过走访、调查等方式替小言言申报上了户口。当了七年"黑户"的孙女终于落上了户口，老人紧锁的眉头终于舒展开了。

荆溪新村有位唐老太，今年九十二岁高龄，目前跟随在金坛的女儿生活。由于年迈体弱，出门不便，老人办理第二代身份证的心愿一直未能实现，给领取养老金带来了一定的困难。为了帮助老人解决难题，苏伟平带领同事们成立了拍照小分队，专程赶到金坛为老人拍照、办手续，免除了老人的后顾之忧。几个月来，该小分队还针对辖区里耄耋之年出门不便的群众，先后赴上海、无锡、金坛、溧阳等地上门拍照，赢得了群众的一致好评。

承诺与坚守

这是2010年冬日的清晨，宜兴市公安局交巡警大队官林中队来了一位满头银发的老太。老人八十多岁的光景，挎着一个小布袋。一名警员见了她，热情地打起招呼来："姨娘，您又来看士荣了啊！"

"是呀，明天就是腊八了。你们工作都这么忙，没有空闲，我抓了些芋艿、花生，带给士荣回家熬腊八粥。"

眼前说话的这位王老太是一名五保户，没有子女，与她相依为命的老伴几年前就去世了。可她并不孤单，因为她有个警察亲人，待她就像家人一样亲。他就是宜兴市公安局交巡警大队官林中队民警黄士荣。

1990年，黄士荣还是原新芳派出所的一名民警。在一次调解邻里之间的纠纷时，他结识了王老太。在通过劝说化解双方矛盾的过程中，他向王老太承诺，这件事解决好了，以后有什么困难尽管找他。

没想到，这一句承诺，竟成了二十年不变的真情守候。

隔了几天，黄士荣上门看望老人。当他发现老人住在几乎要倒塌的老屋里时，他没有犹豫，拿出自家准备建房用的木料、毛竹等建筑材料，给老人翻建了房子。

这些年来，只要听说老人生病了，黄士荣就会立刻上门看望老人。逢年过节吃团圆饭的时候，他还会把老人接到家里住上三五天。日积月累，不知不觉中，黄士荣资助了老人价值一万多元的钱物。

二十多年过去了，老人和黄士荣之间早已超越了普通人之间的感情。王老太家中有什么事情，总来找他帮忙。老人知道黄士荣工作很忙，所以有些时候老人会主动上门来看他，捎些自家地里种的菜。有时是几棵青菜、一把小蒜，有时是别人给的几个鸡蛋，老人自己舍不得吃，攒起来带给黄士荣。这些年来，老人逢人便说，没有士荣，就没有自己的今天，自己欠士荣的实在太多太多。

现在，中队的同事们都知道黄士荣有一个不是亲人、胜过亲人的王老太，只要一看到老人，大伙儿就会亲切地称呼她“姨娘”。

其实，这样的真情故事还有很多。那年，黄士荣刚从部队退伍归来，看到一位战友家境贫寒，父母年迈体弱，生活很是困窘，便开始默默地资助这两位老人。他常常上门看望，嘘寒问暖，还把老人接到家中一起过年。二十多年来，他先后资助这两位老人价值两万多元的财物。

几年前，一次偶然的机会，黄警官从官林中学了解到，该校有两名女生成绩优秀，但家境十分贫困，学习压力比较大。黄警官得知这一情况后，立即伸出援助之手，给两位学子送上了一千元钱，并向官林中队全体民警提出倡议：资助两名女生完成学业，让她们安心备战高考。在他的发动下，中队民警先后为两名女生捐款一万余元。2010 年高考，两名女生均以优异的成绩回报了黄警官他们，分别以三百四十六分和三百五十六分考上了苏州科技学院和南京师范大学。

2010年，黄士荣听说张渚镇一名白血病患儿家境贫寒，无力支付高昂的治疗费用，便立刻让妻子带去了一千元钱，鼓励这一家人鼓起勇气，走出困境。

这些年来，黄士荣已记不清自己帮了多少人。每次看到别人有困难，他都会毫不犹豫地伸出援助之手。可谁能想到，慷慨助人的他其实家境并不宽裕。他的妻子没有工作，家里还有两个女儿。他的大女儿刚刚大学毕业，还没有找到工作。小女儿高考报考了无锡的一所学校，可考虑到每年可以节省近两万元的食宿费，他愣是说服了小女儿，让她在宜兴分校上了学。为此，小女儿与父亲之间产生了隔阂。不过，懂事的她为了减轻家庭的压力，周末和假期都去勤工俭学，尽可能地贴补家用。

在同事们眼里，黄士荣就像是一头老黄牛，埋头苦干、任劳任怨。这些年来，新警分配到中队，都乐意跟着他学习。他文明执法、热情服务的优秀品质，潜移默化地影响着大伙儿。新警小薛深有体会地说："跟着黄师傅，挺辛苦的，执勤时间长，纠违数量多。但再苦再累，也愿意跟着黄师傅实习，因为黄师傅就像一面镜子，我在他身上学到了很多做人的道理。他是我一辈子的老师。"

老　警

老冯快退休了。眼瞅着和他一起进公安队伍的伙伴们一个个都办起了退养手续，回家安享清福，老伴终于憋不住说他：“每天起早贪黑，忙得都不见人影。晚上好不容易不在单位值班了，还要带工作回家做。真不明白你图个啥！该放手时得放手，反正工资不少拿，不如退到家里养养神，我也好多个伴儿说说话啊！”

“哎，闲着也是闲着！干公安三四十年了，哪能一下子舍得这份感情呀！再说，现在单位缺人手，我是老同志，工作经验多一些，可以帮带帮带年轻同志，也算是对公安工作尽绵薄之力吧。”回着老伴的话，老冯埋着的头没有抬起来，手中的活儿也没耽搁。

老冯叫冯友高，是宜兴市公安局环科园派出所的一名社区民警。他手上正在整理的材料，是白天的入户调查登记。上午，他走访了辖区内的两家企业，发现其中一家企业刚改建不久的财务室还没安装防盗门窗和“CK 报警系统”，使用的保险柜也存在问题。老冯找来了这个单位负责安保的同志，认真地指出安全隐患，开具了限期整改通知书。下午，老冯又去一个建筑工地核对人口信息资料。这个工地刚开工，招了不少外来务工人员。这会儿，得赶紧把这些人员的信息资料梳理一遍，明天还有别的事情要做呢。

可别小瞧了这些走访调查的活儿，虽然有些婆婆妈妈，但凭着几十年积累下来的丰富经验，老冯每年都能从暂住人口核查登记工作中发现些蛛丝马迹，揪出一两名网上通缉的逃犯。想到这些，老冯心里总是乐滋滋的。

忙完了暂住人员登记工作，老冯在日志上工工整整地记录起当天的工作来。一些重点事项，他特意用红笔做了记号。有几处，他加了评述，这是为以后顺利开展工作提供依据。老冯的抽屉里不知塞了多少本写得密密麻麻的工作日志。

“叮当、叮当……”客厅里的钟响了好几下。老冯猛地想起了什么，披上制服，揣上笔记本，出了门。咦，这么晚了，他要去哪里？

只见老冯穿过几个路口，又拐了两个弯，在经过某个小区时放慢了脚步。他朝其中一栋临街的楼房看了几眼，又继续往前走，来到了一个正在建设中的大厦工地。

“哎呀，冯警官，这么晚了，您咋又来了？工棚外黑灯瞎火的，您老可别崴了脚！”

“是不是下午落了啥资料在俺们这里？你打个电话来，叫人送去不就得了！”工地上的临时宿舍里，工人们见老冯推门进来，好奇地围上去，七嘴八舌地说。

“哦，我是来看看白天忙着在工地上干活儿，落下没登记暂住信息的工友。来，赶紧来登记一下吧！呵呵，顺便呢，也提醒大伙儿，快过节了，注意防盗，安全第一啊！”

一个多小时后，老冯有些疲倦地走出了大厦工地。

路过刚才那栋临街的楼房时，老冯又驻足张望起来。嘿，好像有戏！老冯一下子提起了精神，步子也轻快起来。

“叮咚!”几分钟后，老冯气喘吁吁地来到五楼的一户人家，按响了电子门铃。

“你是……”防盗门上的小窗弹开，对方见到穿着警服的老冯，免不了有些紧张。

“你好，打扰你休息了啊！我是这里的社区民警，到你家做入户调查。今天总算是碰上了。”老冯一脸真诚地掏出口袋里的卡片，递进小窗，“这是我的警民联系卡。”

“噢，你就是冯警官啊！快请进，请进!”里面的男子接过卡片，像遇见熟人似的，连忙将老冯迎进屋子，“早听邻居说了，你都来了不下十次了。可你瞧，家里只有我一个人。我在酒店做事，每天很晚回家。害得你吃了很多闭门羹，不好意思啊!”

“没关系，没关系，这是我的工作，是我应该做的。”老冯一边说着，一边摊开了手中的笔记本。

一名经侦民警的制胜法宝

与企业打交道不是件容易事，可经侦民警沈云东与服务企业打交道却很受欢迎。

在市场环境趋紧和产能普遍过剩的状况下，一些民营企业的生产经营难免会遇到困境。而每每企业遇到法律问题，只要一个电话，身为宜兴市公安局经侦大队三中队中队长的沈云东总能在第一时间予以帮助解决。他的工作心得是：细心 + 耐心 + 用心，对工作认真些、负责些，没有什么事情会做不好。

如何提高企业抵御经济犯罪风险的能力？沈云东认为，这是一名经侦民警首先应考虑的问题。对于自己负责承办的每一起案件，他总是认真剖析，查找企业管理上的漏洞，及时作出防范预警提醒。近年来，他针对危害性较大的侵犯商业秘密、配载诈骗等案件，举一反三，及时发布预警信息，先后多次成功规避了宜兴一些企业有可能存在的风险。

某日，宜兴高新技术企业海莱公司负责人王强报案称：贝来思公司正在生产他们的专利产品动力波洗涤器（为了保护企业的知识产权，海莱公司对核心团队的研发技术，通过签订保密协议、物理隔离等措施进行保护）。

侦办这类案件，取证是关键！如何证明贝来思公司的技术是从海莱公司“泄露”出去的？对海莱公司的损害有多大？这些调查工作都要做在前面。通过前期侦查工作，沈云东发现，持有这家公司50%股份的一名股东，竟是海莱公司的地区营销经理贾东，而其产品也大多销给海莱公司的老客户！为了搜集立案证据，沈云东和同事们立刻奔赴江西、湖南、广东等地开展调查取证工作，成功锁定了贾东用伪造的海莱公司印章与客户签订合同，销售“贝来思公司”产品的犯罪证据。在历时三个多月的案件侦查过程中，沈云东和同事们通过将各类线索汇总，不断地调整侦查方向，不仅成功侦破了这起侵犯商业秘密案，还先后查明了贾东职务侵占案、挪用资金案等隐案。

事实上，这类疑难案件的成功侦破，得益于沈云东平时扎实的业务功底和高度的敬业精神。经侦业务涉及面广，尤其需要融会贯通各种知识，要及时、快速地定性，判断出是经济犯罪案件还是经济纠纷，是适用刑法、民法还是适用行政法进行裁定，不仅要求办案民警掌握相关的法律、法规知识，而且要求办案民警熟悉工商、财会等专业知识。为了不断提高自己的业务能力，沈云东惜时如金，把业余时间都用到对法律、法规、业务知识的学习上，以高分顺利通过了国家司法考试。在他的带动下，经侦大队年轻的“80后”警员们纷纷通过主动学法、报考国家司法考试来不断提高自己的业务能力。

经侦工作很大的一个特点是，办案任务重，加班、出差多。这些年来，沈云东赴全国各地调查取证、办理案件，几乎走遍了大江南北。在2010年“亮剑行动”中，他在负责侦办一起假冒伪劣“脑白金”案时，主动请缨，先后赴江西、湖南等地追捕疑犯。2011年1月25日（农历十二月廿二），为了抓捕其中一名假冒伪劣“脑白金”案涉案人员，他和同事们连夜赶往南昌。因临近年关，又正值冰雪气候，道路条件恶劣，事故多发，导致高速公路上车辆大面积拥堵。等他们赶到南昌，已是第二天凌晨一时许。在南昌警方的配合下，他们顺利抓获了这名犯罪嫌疑人，连夜审讯至凌晨四时许。稍事休整，他们又长途跋涉了八百公里，驱车返回了宜兴。当晚八时许，他和同事们押解嫌犯平安归来。

拨开案件现场迷雾的人

他是一名刑警。在他的履历里鲜有惊涛骇浪式的侦破故事，但四两拨千斤的刑侦勘查技术，一次次证明了他的专业实力。他用智慧拨开罪案现场的迷雾，在纷繁复杂中穷尽证据，从蛛丝马迹中锁定事实，让案件真相水落石出，彰显了法律的公平正义。

1988年，刘志荣从江苏省公安专科学校毕业，分配到宜兴市公安局，成了一名刑侦技术员。这些年来，他就像是一名孜孜不倦的学生，从一个案子到另一个案子，一道接一道地解析“难题”，通过对案件现场的勘查和痕迹检验发现、提取和确定与犯罪有关的信息和证据，为侦查指明方向和线索，为诉讼提供科学依据。

二十多个风华岁月过去了，他在血雨腥风的案件现场摸爬滚打，默默耕耘在刑侦技术第一线。而今，他的两鬓有些花白，岁月的皱纹爬上了额头。可是，他依旧像队里的年轻小伙儿们一样，每天奔波在案件现场，不管是白天还是黑夜。

公安机关侦破刑事案件，技术侦查是首要环节。一些容易被常人忽视的细节和一些用肉眼无法轻易发现的微痕，总是逃不过刘志荣那双鹰隼般的眼睛。作为市公安局刑事科学技术室负责人，工作这些年来，他让一起起刑事案件的侦破线索赫然浮出水面：“富连珠”焚尸案、官林“9·30”案等重大恶性案件发生后，他带领刑侦技术人员一头扎进现场，夜以继日地从几乎被焚烧成灰烬的现场一点一点地筛取线索、勘验取证，为案件的侦破提供了强有力的证据保障。

刑事技术中队担负着发生在全市的重特大案件的现场勘查及对各派出所兼职刑侦技术员的业务指导工作。一些疑难现场的勘查指导工作责无旁贷地落到了刘志荣的肩上。

这天早上，刘志荣刚到办公室打开电脑，就接到了张渚派出所的电话，说镇上一家超市的大量现金及香烟等物品被盗。他立即和同事们带着勘查工具赶到现场，忙碌了两个小时之后，又去上个星期被盗的另一家超市复勘。勘查完毕，已经十一点多了。他匆匆地在食堂扒了口饭。这时，他接到了丁山派出所的电话，说川埠发生了入室盗窃案，疑似系列案，请求现场复勘。于是，他便马不停蹄地赶往川埠。可他正在忙碌，周墅又发生了一起撬盗案件，作案手法看上去和以前发生的几起案件极其相似。于是，他又赶到了周墅的勘查现场。等他忙完，已是晚上六点多了。他正准备吃饭，又有一户居民报警称防盗门被撬，家中现金被盗。他撂下饭碗，急匆匆地赶去……在随后的几天里，他和同事们针对这几起连续发生在宜城、丁蜀、官林、张渚等地的技术开锁入室撬盗保险箱案件，对现场进行反复勘验，对遗留痕迹和作案手法等特点进行分析、研判，最终成功梳理并串并了发生在江苏金坛、溧水以及浙江建德、富阳等地的同类型案件三十六起，涉案总金额达四十余万元。

在交通事故处理中，车辆痕迹技术鉴定是再现事故发生过程和认定嫌疑车辆非常有效的、必不可少的一种侦查手段，对依法处理交通事故发挥着极为重要的作用。刑事技术中队作为“全国一级示范刑事科学技术室”，受宜兴市公安局交巡警大队委托，承担着全市疑难交通事故车辆的痕迹鉴定工作。

某日，宜兴市湖汊镇发生了两辆摩托车碰撞事故，其中一名驾驶员受重伤住院抢救。由于没有现场目击证人，肇事司机百般推诿，事故责任认定一时陷入了僵局。

交通事故痕迹多为动态痕迹，特定特征较少。这一次，提取交通事故车辆附着物与脱落物进行痕迹比对的鉴定工作，又摆在了刘志荣和他的同事们面前。刘志荣仔细检验了两辆事故摩托车，从痕迹的形态、大小、位置、高度、受力等情况，结合附着物与脱落物的形态、颜色、成分等进行综合比对、评断，发现前车的后轮右侧与后车的前轮左侧有相互摩擦、漆面脱落的痕迹。同时，他在后车前轮挡泥板的左前侧边缘发现了仅半毫米的擦痕，与前车挡泥板的擦痕位置正好吻合。由此分析判断，这起事故是超车时引发的碰撞。面对有力的证据，肇事司机不得不低下了头。

一名刑警的激越人生[①]

“其实没什么，我所做的，也是大家所做的。哪个刑警不和我一样呢?”2000年，周文俊从江苏警官学院毕业分配到宜兴市公安局刑侦大队，转眼十多年过去了。他和同事们奔波在案件现场，辗转在追捕犯罪分子的途中，随时有可能面临意外和危险，迎接耐力和体力的极限挑战。

2003年7月，安徽省马鞍山市一名出租车司机被歹徒绑架，撕票后抛尸宜兴。案件发生后，宜兴警方迅速成立专案组开展侦查工作。可让人意想不到的是，就在周文俊等人作为专案组成员抵达马鞍山开展侦查工作的第三天，周文俊怀孕八个多月的妻子提前生产了。一边是急需照顾的妻儿，一边是案件侦查的紧要关头，周文俊不得不作出艰难的抉择——留下来，继续排查线索……又一个昼夜悄然过去，嫌犯的身影虽没出现，家里却传来了喜讯：你有儿子了!

周文俊心中大喜，对一同出征的战友连说“好兆头”。果然

---

① 原载于2010年7月9日《江苏法制报》。

不出所料，这一天，嫌犯的身影终于出现在了与周文俊他们设伏的地点仅一条小河沟之隔的地方。嫌犯通过电话让周文俊将二十万元赎金放在河边。经过一番周密的部署，就在嫌犯伸手取钱的一刹那，周文俊和战友们迅速合围，将其抓获。案件成功告破，周文俊和战友们押解着凶手胜利归来。回来后，他第一件事就是前往医院探望给他带来好运的儿子。

2006 年的一天，一名犯罪分子用榔头砸死了宜兴市某工地的看门老人，盗走工地上的废旧钢筋，变卖后潜逃。警方通过现场勘查、调查走访，很快便锁定了犯罪嫌疑人——在宜兴打工的四川籍男子李某。面对作案后逃之夭夭的李某，警方分析，此人极有可能投靠其在新疆打工的兄长。于是，刑警兵分几路缉捕凶手。

周文俊所在的小组作为其中的一个抓捕小组，飞抵乌鲁木齐，又马不停蹄地换乘了一列开往新疆博尔塔拉蒙古自治州的火车。这时，周文俊有一种预感：虽然犯罪嫌疑人李某案发后即潜逃，但倘若其坐火车抵达乌鲁木齐，那么到达的时间应与办案民警乘飞机到达的时间基本一致——犯罪嫌疑人会不会也在这列火车上？带着这样的疑问，他开始一节一节车厢地巡查。功夫不负有心人，突然，他惊喜地发现，一名四十多岁的男子手上有一个肉瘤，与犯罪嫌疑人李某的相貌特征吻合。在乘警的配合下，他们随即对这名男子进行身份盘查——正是犯罪嫌疑人李某！面对从天而降的宜兴公安民警，李某顿时傻了眼，低下头，对犯罪事实供认不讳。

近年来，随着车市的持续火爆，各类“购车退税”诈骗案的发案率急剧攀升，时有群众上当受骗。对此，宜兴警方高度重视，迅速展开案件侦查工作。从北京、天津到武汉、安徽，他和同事们一路追踪，辗转取证，从千丝万缕的信息中梳理串并有价值的线索，终于拨开迷雾，将诈骗团伙的活动区域牢牢锁定在福建厦门。巧的是，这时周文俊家里的旧房子卖给了他人，买家催着要搬进来，可他却远在千里之外的厦门。无奈，妻子只能像蚂蚁搬家似的一件件地挪。周文俊一直忙碌到春节前几天才回家，刚过了节就又去了厦门，继续开展侦查工作。终于，在专案组的不懈努力下，该犯罪团伙的人员构成、组织结构和藏匿地点一一浮出水面。警方随即吹响了收网的集结号，一举捣毁了这个“购车退税”诈骗团伙。

虽然案件侦查工作画上了一个漂亮的句号，但周文俊却没有闲下来，而是回到了枯燥的信息比对工作中。他和同事们根据现场查获的犯罪分子发送的车主信息资料，一一核对受害车主的信息，先后群发了两三千条手机短信，拨打了近千个电话，成功串并了十余起发生在其他省市的“购车退税”案。

警营“啄木鸟”①

我是江苏省宜兴市荆东社区的居委会主任。平日里，我的工作大多是些婆婆妈妈、家长里短的事务，不是楼上楼下、抬头不见低头见的张大妈和钱阿婆闹矛盾了，就是李大哥和房客“小山东”因为租房问题闹得不可开交。不得已时，我还常常搬来社区民警当“老娘舅”，帮助协调邻里间的矛盾纠纷。还真别说，再难化解的“坚冰”，到了民警那里都能春风化雨般地融化。

这些年来，我一次次地感受着民警在日常工作中为民服务的点点滴滴——严寒酷暑下，交巡警岿然坚守在路口指挥交通；风里来，雨里去，治安民警恪尽职守在校园安保的第一线；披星戴月中，巡防民警用心守护着城市的平安；“大走访”开门评警活动开展后，公安机关访民情、听民意、解民忧、惠民生这一个个温暖的片段，也让有着“警风警纪特邀监督员”身份的我对公安工作有了更多、更深刻的理解。

故事还得从十年前说起。那年，宜兴市公安局聘请警风警纪

① 原载于2012年2月18日《人民公安报》。

特邀监督员，邀请全市人大代表、政协委员及社会各界热心群众参与该项工作，我也有幸成了其中的一员。当时相关领导的一段话让我至今记忆犹新："社会各界对公安工作的监督作用很重要，我们期待各位做'啄木鸟'，对公安工作多提宝贵意见。同时，我们希望通过主动向各界群众代表汇报工作，邀请大家通过对各项警务工作挑毛病、找碴儿等方式，有效提升公安工作的效能。"

这些年来，宜兴公安充分发挥了警风警纪特邀监督员的职能作用，定期邀请我们召开座谈会，汇报当前阶段公安工作和队伍建设情况；组织监督员们开展进警营、到窗口等警务监督活动，针对社会治安状况、交通整治情况等进行明察暗访。

有一段时间，社会上的一些人认为公安交巡警部门在新车上牌、车辆年检等环节中有可能存在极少数违纪人员"吃、拿、卡、要"的现象。为此，我曾以普通群众的身份跟随驾驶员来到宜兴市公安局车辆管理所进行暗访，通过实地观察、全程参与新车上牌、汽车年检等流程，对公安民警进行了有效监督。最后，我对宜兴公安车管工作作出了较为满意的评价。

为了尽职尽责，做好"啄木鸟"，我从繁忙的社区管理工作中挤出时间，主动围绕那些容易导致民警违法违纪的薄弱环节进行监督，结合民主评议基层所队等活动，多次前往相关派出所、交警中队进行暗访。"我的户口本遗失了，怎么办理户口迁移手续呀？""驾驶证两年未年审了，需要办哪些手续？"窗口民警为民服务的态度好不好，业务水平和能力怎么样？每到一个基层所队，我都留心记下。通过对窗口为民服务设施、警容警纪、所容所貌等进行实地暗访，我客观地查找基层所队有可能存在的不足，及时地向公安机关反馈并提出督促整改意见，并多次就公安机关如何提升执法服务水平、改进工作作风等问题进行沟通和探讨。

作为一名"资深"的警风警纪特邀监督员，我非常珍惜这一身份。这些年来，我积极主动地建言献策，充分发挥在公安机关和社区百姓间的桥梁、纽带作用。比如，我结合自己二十多年的社区管理经验，针对城区部分老旧小区实行开放式管理、人员杂、安全隐患多等特点，就如何推进“天网工程”建设、增强小区巡防力度等安保工作提出建议；针对城区部分路口交通拥挤、电瓶车管理不到位等提出整治意见；对公安机关维护社会稳定、打击“两抢一盗”等工作提出批评和建议。

这些年来，我也目睹了宜兴公安取得的成绩和进步：软硬件环境有了很大改善，公安民警的素质有了明显提高；窗口单位的服务意识明显增强，公安队伍中违法违纪现象少了；街头路面日夜巡逻的警力多了，偷东西的贼少了；路面交通管理更科学、合理化了，上下班高峰拥堵的交通压力有所缓解；群众对公安工作越来越理解了，警民关系更和谐了。

2011 年 12 月 8 日，宜兴市公安局召开“从严治警、打造铁军”新闻发布会，特意邀请了我们这些警风警纪特邀监督员到现场，通报了全市公安机关查处的多名民警违法违纪情况，以及近年来坚持从严治警、严处违法违纪民警的做法，并恳请社会各界加强对公安机关的监督，全力打造“宜兴公安铁军”精兵队伍。公安机关敢于自我揭短，在民警违法违纪的查处上动真格的，这让我切实感受到了宜兴市公安局党委努力树立和保持公安机关及广大公安民警在人民群众心目中良好形象的决心和信心。虽然我过两年就退休了，但我将一如既往地关心支持公安工作，认真做好“啄木鸟”。

老冯和“车卫士”[1]

5月的江南，地里一片金黄，正是麦子收割季节。宜兴市张渚镇五洞村警务室门外，麦浪涌动，闷热的空气里弥漫着稻草的清香，还有油菜籽成熟的气味。午后金色的阳光跳跃在一顶警帽的警徽上，国徽、长城、麦穗图案下，是一名民警汗涔涔的脸。他两鬓斑驳，额头上淌着汗珠，警服后背上浸出了一片汗渍。

眼前的这名民警叫冯其德，五十四岁，宜兴市公安局善卷派出所五洞村社区民警。

老冯习惯了这样的工作状态。每当他忙碌地行走在辖区的道路上时，心里总有一股暖暖的温情。社区内四千四百六十五名常住人口、六百多名外来人口，一百零八家企业，哪家企业的消防安全工作做得怎么样，企业务工人员结构、状况如何，等等，他都了然于心。他把企业负责人的电话都存在了手机里，平时遇到啥特殊情况，他便主动联系企业主进行沟通。

最近两个月，老冯到企业的次数更多了。除了例行的消防监

---

① 原载于2014年6月3日《无锡日报》、2014年6月6日《中国警察网》。

管、易制毒化学品管理、外来人口暂住登记等工作，他总不放过时机，和企业的老总们聊一聊：“最近啊，全市正在推广的电动车防盗报警装置‘车卫士’可灵了。万一车子被偷，手机立马就有短信提醒，已经帮公安机关抓了不少偷车贼了。如果破不了案，保险公司还赔一两千元呢！”老冯这么说，心里是有底的——

五洞村村民老周，前些日子掏了一百八十元在摩托车上安装了“车卫士”防盗报警装置。5月10日那天，老周去村上的女儿家吃晚饭，到了八点多准备回家时，发现摩托车不见了。可是，手机却落在了家里。老周一边让老婆赶紧打电话报警，一边急忙赶回家，发现手机上有几条短信：十九点四十分，提示有人动了摩托车；十九点四十五分，提示摩托车出现在一家加油站附近……根据短信提示的信息，当晚十时许，善卷派出所民警在该村的一个小树林里找回了老周被盗的摩托车。事后，老周逢人便夸“车卫士”的功效：“车子被人移动，立马就有短信提醒，贼偷不了了！”

5月16日，老冯到老周妻子打工的企业推广“车卫士”，老周妻子不仅主动为自己的电动车安装了“车卫士”，还积极动员小姊妹们安装。那天上午，这家企业的员工安装了二十四台“车卫士”。

村里企业多，有近两千名村民进厂打工，主要依赖电动车、摩托车作为上下班的交通工具。针对这一情况，老冯把推广“车卫士”的工作重心调整到了企业。

5月22日，雍泰红木家具厂。听了老冯的介绍后，该企业当天就为十名员工免费安装了“车卫士”。该厂的一名副总说：“老冯平时工作这么细心周到，对我们企业这么支持，我们也应该支持老冯的工作啊！”

这一天的推广工作格外顺利。走访到第三家企业——无锡嘉瑞光伏有限公司时，该企业老总当场表示要替企业百余名员工免费安装或减免初装费，为企业员工的财产安全提供一份保障！

当然，老冯推广“车卫士”的工作也不总是这么顺利，有时也免不了会吃闭门羹。有些时候，安装了防盗报警装置的车子一移动，车主的手机上便有提醒，有群众嫌太敏感、太闹心了，非要拆掉不可。也有的群众嫌麻烦，说就算是免费安装也不乐意……面对遇到的各种各样的问题和困难，老冯说，只要多上门走走，多介绍介绍功效，一次不成两次、三次，用心做事、真诚待人，就没有做不好的工作。

在短短的两三个月时间里，老冯推广出去了三百四十余台“车卫士”。

穿警服的“老娘舅”

“这样的调解我们都能接受！”原本怒气冲冲的双方当事人说出这番话，其中受害方家属几次想要下跪感谢，这要归功于宜兴市公安局张渚派出所的吴伯鸣警官。

故事还得从一个意外死亡事件说起。2014 年春天的一个夜晚，宜兴市张渚镇某建筑工地上，一名河南沈丘籍外来务工人员意外死亡。死者家属获悉后，连夜从老家赶来宜兴，向工地老板讨要高额赔偿金。

见此情形，张渚派出所有着丰富调解经验的吴伯鸣警官主动向所领导请缨：“这个工作我来做。”他把死者家属请到了办公室，客客气气地泡上茶：“人死不能复生啊，节哀顺变。你们家属有啥要求？慢慢说，我看能不能帮忙。”可对方态度显然不友好，扬言不要公安机关插手，想私了，同时提出，想见死者最后一面。

“见亲人的遗容，这是人之常情，没问题。不要我们介入可不行，公安机关有责任查清死因，这是对死者负责，也是对你们家属负责。”接着，老吴警官便陪同死者的妻女等人前往殡仪馆。

这一人性化的方式，让死者的家属很是感动，一下子拉近了彼此的距离。

几天后的一个中午，死者的几名家属来到张渚派出所，老吴给他们安排了客饭。过了一会儿，又来了二十多名家属，他们还专门从苏州请来了一位律师。于是，老吴便在司法所同志的协助下，展开了艰难的调解工作。

死者一方提出要求赔偿五十万元，建筑工地上的包工头则只愿意提供十余万元的人道主义补偿。由于悬殊较大，双方僵持不下。

老吴警官拿出了法医鉴定书，证明死者系因病意外死亡。他还请来了市劳动局劳动仲裁部门的两位同志，对照相关条例，协同做好与死者家属的沟通工作——死者在建筑工地意外死亡，不属于工伤事故。

到了傍晚，家属让步到了三十八万元，包工头则只同意支付二十五万元。

这可怎么办？鉴于矛盾双方已处于胶着状态，经所领导多方联系，老吴连夜赶到宜城，找到了承建该工地的某建筑总公司的一名副总。该副总被老吴的诚意打动，表示一定确保补偿资金到位。

有了资金作后盾，老吴心里有了底，接下来的调解工作便轻松了许多。17 日凌晨一时许，在经历了十二个小时苦口婆心的调解劝说后，双方终于接受了三十三万元的人道主义补偿金额。

第二天，老吴陪着死者家属到殡仪馆妥善办理了后事，接着又通过银行转账、现金支付等方式，将补偿金悉数交到了死者家属手中。临别时，死者的妻子拉着老吴的手，热泪盈眶：“大兄弟啊，这两天，你都没能休息，深更半夜还在为我们调解，辛苦了！感谢你为我们外来民工主持了公道！”

这只是老吴警官十多年调解生涯中的一个普通片段。这些年来，老吴几乎每年都要参与上百次这样的调解工作。但不管什么样的“疑难杂症”，到了他手里，不出两三天就能迎刃而解。如今，处理农村纠纷经验丰富的老吴警官，成了张渚镇矛盾调解工作的“法宝”，不仅发生在镇里的疑难调解工作少不了他的身影，就连本地群众在广州、南昌等地发生的事故纠纷都要他这个“老娘舅”出马。

老吴警官说，他是土生土长的张渚人，大伙儿街坊邻居的，都信任他这个“老娘舅”，有啥事都来找他。虽然再过几个月他就要退休了，但能为老百姓多做点儿事，他感到很快乐。其实，做群众工作，只要嘴不馋、手不长、心不贪，没有做不好的事。

激情在第二故乡燃烧

“小尹，你下班后到所里等我，我来送你回家。”2012 年 1 月 22 日除夕夜，锡宜高速公路宜兴西出口处，几名荷枪实弹的警员正在通宵设卡盘查。这时，执勤民警小尹的手机突然响了。电话那端是张延峰警官，小尹的师傅。得知小尹家住农村，正在为大年初一凌晨下班后没有回家的交通工具而犯愁，他主动提出用私家车送小尹回家，这让刚踏上工作岗位的年轻警员小尹心里暖暖的。

待到午夜时分和同事交接完班，小尹回到十里牌派出所，发现师傅张延峰早已等在了那里。原来，除夕夜和家人吃过晚饭，看了会儿龙年春晚，张延峰就从城南的家里开车赶到了位于城北的十里牌派出所。在喧嚣的爆竹声中，他和正在值班备勤的同事们一起迎来了新年的钟声。一直等到小尹从卡口换班回来，张延峰开车将小尹安全送回家，再返回宜城，已经是凌晨一点三十分了。此时，春晚的节目已结束，家人都睡了。

张延峰是河南人。2000 年，他从武警驻宜部队转业到了宜兴公安。从此，这里便成了他的第二故乡。这十多年来，他勤奋钻研公安业务、法律法规知识，刻苦学习电脑操作、打字录入，渐渐从一名门外汉磨炼成了一名业务能力强、作风优良的刑警。

刑事侦查人员担负着侦查破案、打击犯罪的重要职责。超负荷的工作任务，使得他长年累月地加班加点、出差办案，生物钟紊乱。但他却从没有怨言，而是像年轻人一样，冲锋陷阵在最前沿——

2011 年 10 月，在全国公安机关开展的“清网行动”中，为了做好网上逃犯阿伟的劝投工作，他和派出所领导先后两次驱车前往阿伟的老家河南周口，苦口婆心地做其父亲、妻子的工作。见家属有抵触情绪，他们又想方设法地找来当地村干部、派出所民警协助做好劝说工作。虽收效甚微，但回到宜兴后，他又多次打电话与其家人沟通，耐心地宣传公安机关的政策，分析利弊，最终成功地说服阿伟投案自首。

2011 年 9 月 2 日，宜城地区连续发生了多起飞车抢夺案。接到群众报警后，宜兴警方迅速启动“关城门”布控预案。当日，张延峰和同事们一起查看了大量案发路段的视频资料，很快便锁定了犯罪分子的作案轨迹，并成功截取了两名犯罪嫌疑人的相貌特征等资料。随即，他们迅速组织反扒力量在街头路面伏击守候，展开追缉布控。当日傍晚，他和同事们一举抓获了两名正伺机作案的犯罪嫌疑人，又循迹追踪，抓获了另三名团伙成员，一举摧毁了该“飞车抢夺”团伙，串并案件四起，追回全部赃物，价值 3.5 万元。

张延峰警官一米八五的大高个儿，说话做事雷厉风行，惩治犯罪分子从不心慈手软，可他对群众却有着一番柔情——

宜城中学的学生小俊，父亲病故，和母亲相依为命。因母亲身体不好，没有工作，一家人靠低保生活，日子过得很是清贫。两年前的春节前夕，张延峰得知小俊的家庭情况后，主动结对扶助。他带了钢笔、本子等学习用品上门看望。从那以后，逢年过节，他总是主动上门嘘寒问暖。渐渐地，他和小俊一家人熟络起来。去年3月的一天，他接到了小俊妈妈周女士的求助电话："张警官，实在不好意思，看病钱不够了，想问你借点儿钱。"放下电话，他立刻给周女士送去了几百元钱，以解燃眉之急。

转眼，张延峰已转业十多年了。他把对故乡的思念埋在心底，十多年里只回了两次河南老家：一次是2005年，他的母亲去世，他请假回去为老人守孝；还有一次是2010年，他利用春节假期回老家替八十八岁高龄的父亲做寿。每次都是来去匆匆，无暇走亲访友。他说，公安工作这么忙，一个萝卜一个坑，自己多干一点儿，同事们就能轻松一些。

如今，两鬓斑白的他不仅把自己奉献给了公安事业，还说动儿子子承父业。2006年，他的儿子小张高考取得了六百零三分的优异成绩，完全能够被东南大学等重点大学录取，但他最终说服了小张，填报了沈阳刑警学院。2010年，小张以"全优生"的优异成绩毕业，通过了英语六级考试，并主动要求分配回宜兴。从此，父子俩成了同一战壕里你追我赶的战友。张延峰时常在业务上指导儿子，诸如大平台、案卷规范化操作等。在他的带动下，小张很快便成长为业务骨干，这让做父亲的他很是自豪。

三省边界的守卡人[①]

初春的夜晚，依然十分寒冷。在宜兴市 S342 线上的太华治安卡口执勤点，宜兴市公安局张渚交巡警中队民警易善华像往常一样，忙忙碌碌地工作着。他和同事们站在寒风中执勤已经很久了。作为城市的出入门户，在日常管理中加强对出入车辆及人员的检查力度，这也是对驾乘人员的安全负责。这不，远远地又驶来一辆长途客车，易善华挺直了身子，打了个靠边停车的手势，干脆利落。

大巴车缓缓地在路边停了下来。易善华走上前去，向司机敬了个礼，一一核对驾驶证、行驶证，又走进车厢，将乘客扫视了一遍。只见乘客们大多东倒西歪地昏昏欲睡，有的还不耐烦地咕哝着……从看似普通的乘客中察言观色，寻找蛛丝马迹，不让任何一名可疑人员从自己的眼皮底下溜走——在卡口执勤过程中，易善华曾多次查获流窜作案的犯罪嫌疑人，渐渐积累下了丰富的查控经验。

① 原载于2009年11月25日《无锡日报》。

趁着车流减弱的空隙，易善华活动了一下冻得有些僵硬的身子。无意间，他看见一轮弯月正挂在夜幕之中，发出清冷的光辉。他突然想起，自己和孩子已经好几天没照面了，因为自己不是天还没亮就出门上班，就是上夜班，通宵不归。说来惭愧，孩子都快高考了，可每次家长会都是孩子妈妈去，谁让自己是警察呢！这么想着，他的心里有些酸涩。

夜色越来越浓。过境的大多是载重卡车，发出“哐当哐当”的巨大声响，呼啸而过。这个时候，一些心存侥幸的超载车司机，总想趁晚上逃避卡口民警的检查。可不能放松了警惕！易善华想，交巡警部门纠正违章，不就是为了保障每一位司机和乘客的生命安全吗？多一分责任感，就可以多消除一分道路隐患，少发生一次交通事故！

时间过得飞快，转眼已是二十一时许。这个晚上，易善华已查纠了十几起交通违章，有超载的，也有灯光出现故障的。他还责令一名连续开了四五个小时的长途车驾驶员马上休息。

这时，易善华注意到，一辆小轿车正拐着“S”形弯儿从安徽广德方向驶来。他的心咯噔了一下——有情况！借助路灯的光亮，他注意到，这辆车的挡风玻璃好像有破裂的痕迹！他立即快步迎了上去，打了个靠边停车的手势。

汽车晃晃悠悠地斜在路边，停了下来。这时，他注意到，这辆车的车身上有明显的剐痕。“同志，请出示驾驶证和行驶证。”在敬礼的时候，他注意到开车的男子神情慌张，眼神躲躲闪闪的，不敢正视自己。

车窗玻璃放了下来，一股浓烈的酒气直扑过来。他微微地皱了一下眉头。车主酒气熏天，涨红着脸，在车子里翻腾着：“我，我的证呢？”

易善华注意到，这辆车是浙江湖州牌照：“到哪里去？”

“当然，当然是要回家，回湖州啦……”浑浊的酒气喷到了易善华的脸上。

“哦，说说车窗玻璃是怎么回事！”

男子愣在那里，抓耳挠腮，目光几近呆滞：“刚才，刚才，一辆摩托车撞了我。我没要他赔，就走了……”男子有些语无伦次。

易善华立即与毗邻的安徽广德警方取得联系。此刻，广德警方刚刚接到一起逃逸事故的伤者报警，正在赶往现场的途中。

原来，这一天，这名浙江男子去安徽办事，晚上陪客户喝得酩酊大醉后，竟然醉酒驾车回家。就在几分钟前，在数公里外的安徽广德境内，这名男子驾车撞上了一辆摩托车，造成一死一伤的恶性事故。肇事后，男子驾车逃逸。在酒精的作用下，原本要回浙江的他，却阴差阳错地开错了方向，行驶到了三省边界的宜兴太华，被卡口民警易善华一眼识别，逮了个正着！

乡村警察艾子的美丽山乡梦

在太湖西岸的宜南山区，有一个叫竹海的山乡，自古有“竹的海洋”之称。万亩翠竹随山势起伏，好似波涛翻滚，绵延苏、浙、皖三省。在蓊蓊郁郁的翡翠海洋中，白墙黛瓦的农舍鳞次栉比，一派欣欣向荣的新农村建设景象。一切皆因平安的魅力，为竹海这个美丽的小乡村增添了宁静、生机和魅力。

八年前的夏天，竹海村来了一名村警叫艾子。艾子长得白白净净，看上去挺斯文的。要不是穿着一身藏蓝色的警服，猛地一看，倒更像来乡村支教的大学生。艾子来报到的第一天，村里为他腾出了一间平时堆放杂物的屋子。艾子挽起袖子，哼着小曲，把灰蒙蒙的屋子给打扫得干干净净，又把外墙刷成了蓝白色，挂上了“竹海警务室”的牌子。

这一年，艾子刚从省警院刑侦专业毕业。本以为会在刑警队一展身手，却没想到，分配到了这个边远的乡村警务室。但艾子很快就被眼前这个美丽的乡村吸引了，他调整了心态，铆足了劲，信心满满地整装出发了。

为了尽快熟悉村子里的情况，艾子一有空就在村里转，和留守老人聊天，和村民们唠嗑，把印有自己姓名和联系电话的警民联系卡一家一家地上门发放：“有事来找我。”

艾子刚到村里不久，就走访了一户贫困农家。这是竹林深处的两间旧房子，蜗居着祖孙三代人。因年久失修，石灰墙已风化，斑驳脱落，墙体上出现了裂缝，有大拇指宽，一米多长。或许一场暴雨之后，房子就会倒塌。那一刻，艾子被这个一贫如洗的家深深震撼了。

见来了客人，主人黄老太连忙将一张旧板凳擦了又擦。艾子拉着老人的手一起坐下，询问起一家人的情况来。

老人有个孙子，叫乐乐。乐乐小时候玩旧手机电板，炸飞了左手大拇指，右手仅剩下一截手指。在乐乐几个月大时，他的妈妈离家出走了，乐乐的父亲则常年外出打工。乐乐的爷爷七十多岁了，还在替人看山林。一家人紧巴巴地过日子，又东借西凑，为乐乐做了手指移植手术，仅医疗费用就花了十多万元。这对于这个贫困的家庭来说，无疑是雪上加霜。

这一天的晚上，艾子的心情久久不能平静。他想尽可能地帮助这个不幸的家庭。第二天，艾子忙碌起来。他联系了村委会、建管所等单位，很快为这个贫困的家庭办齐了重建住房手续，又带头为这家人募集捐款。半年后，乐乐一家人搬进了高大亮堂的新楼房。

“有时候是二百元，有时候是五百元，还经常买了练习本和衣服送给乐乐。说实在的，家里这么穷，就是亲戚也怕上门来。艾警官和我们非亲非故的，真的很让我们感动。”黄老太说起艾警官的好，似乎总有说不完的话。

现在，小乐乐的心情开朗了，人也变得活泼了。这个“六一”儿童节，乐乐还代表班级参加了学校组织的朗诵比赛。他朗诵的是梁启超的《少年中国说》：“……少年强则国强，少年独立则国独立，少年自由则国自由，少年进步则国进步……”

就这样风里来、雨里去地走村串户，艾子的皮肤晒得越来越黑了，可他和乡亲们的心却越贴越近了。

在山乡农家，饲养些禽畜，种点儿林地，是村民们提高收入的一种方式。这却让不法分子有了贼心，把农户们辛辛苦苦饲养的禽畜、培育的林木给偷走了。虽然案值不大，但小案连着民心。在日常工作中，艾子还用心当好山里人家的安全“管家”。大伙儿有什么事，都爱找“艾警官”帮忙。

老江是村里的养猪户之一。两间猪棚搭在距村一公里外的山上。每天喂完猪后，老江就锁上猪棚回家休息。谁知有一天早上，老江去喂猪，发现猪舍的大门洞开，里面的十几头生猪不见了。“小艾警官，不好了！我家的猪被偷了！”老江心急火燎地拨通了艾子的电话。

放下电话，艾子立刻赶到老江的猪场。两人一起在周围的山林里寻找，找到了七八头正在“散步”的生猪。经清点，老江一共丢了八头猪，都有一百多斤呢。

“一定要帮老江把猪都追回来，一头都不能少。”艾子望着老江愁眉苦脸的样子，暗暗给自己下了任务。

老江的猪舍建在山坳里，四周没有人家。艾子发现通往猪舍的林间小路上竟有三轮车的辙痕。根据这可疑的车辙印，一路追踪，艾子发现邻村的周某等人有重大作案嫌疑！可是，艾子的眉头却又锁紧了——被盗的八头猪都到哪里去了？一定要人赃俱获！于是，艾子便带着人蹲守在其中一名嫌疑人的农宅附近。四五个小时过去了，夜幕渐渐降临。当这名犯罪嫌疑人准备趁着夜色销赃时，被艾子等人当场截获，起获了三头没来得及销赃的生猪。随后，艾子等人抓获了另一名犯罪嫌疑人周某，追回了已销赃的五头生猪。当八头生猪全部交还给老江时，老人激动地请来了村里的锣鼓队，敲锣打鼓地将一面大红锦旗送到了警务室。老江说：“一头猪都没有少！艾警官，辛苦你了！”

陈老伯在承包的小岭上种了些经济林木。有一天，他发现丢了十四棵冬青树，都有三米多高了，损失达一万多元。接到陈老伯的报警后，艾子立刻展开走访排查工作。有村民反映，几天前路过陈老伯承包的林地时看到有几个人，开了一辆蓝色的双排座农用车。

会不会是这伙人盗走了林木？艾子立刻针对这辆蓝色双排座农用车展开调查，同时梳理了附近乡镇贩运、收购林木的人员，进行信息研判，很快便抓获了涉嫌偷盗树木的犯罪嫌疑人庄某某等人。原来，这伙盗贼都是附近的村民，平时替人砍伐毛竹，对哪片山上长什么树都了如指掌。某日，他们聚在一起，商议偷树卖，搞点儿钱。没想到，这么快就栽了。

靠山吃山，靠竹吃竹。近年来，把毛竹加工成竹器制品出售，成了竹海村村民的一项可观的副业收入。可有一天，村民邓先生却愁眉苦脸地告诉艾子，自己购了一批竹器制品批发，被人骗了，损失达一万多元。这对于小本经营的邓先生来说，无疑是“重创”。

骗子当时提供的身份证、手机等信息均系伪造。正可谓魔高一尺、道高一丈，较量中见真功夫。破案就是要从看似“天衣无缝”中突破缺口、发现线索。这是智慧和体力的博弈。艾子乐意面对这样的挑战！

通过走访工作，有人反映，骗子可能是邻乡的村民。于是，艾子就去找那个村的村长帮忙，让他回忆村里有谁在外面打工或做生意。根据对方提供的身份信息，受害人杜先生认出了该村村民李某就是骗自己的人。可是，李某平时不回家，在城里租了房子，也没人知道他住在哪里。当天下午，艾子去城区的出租房集中地走访，却一无所获。到了晚上，艾子在笔记本上嫌疑人李某的名字上重重地画了几个问号……他知道，这些疑问是侦破案件的缺口，不把这些缺口一一挖掘出来，真相就不会水落石出。

第二天一早，艾子又忙碌起来。这一天的运气不错，一名市场管理员看了照片说不仅认识，李某还租过自己的房子呢，不过，三个月前搬走了。据这名市场管理员回忆，当时和李某住在一起的有个女孩叫“雪儿”。案件终于有了突破口！

这一天下午，艾子和同事们循线追踪，找到了“雪儿”，得知了李某的藏身之地。他们连夜找到李某的租住地，推门进去，发现里面并没有人。这时，艾子注意到阳台上有人影晃动，而对方显然也发现有危险，慌不择路地从二楼跳下去，逃跑了。艾子顾不上危险，跟着跳了下去。但由于地形不熟，可疑男子很快便消失在茫茫夜幕中。

眼看就要到手的“猎物”在自己的眼皮底下逃脱了，艾子好生懊恼。一夜无眠，艾子仔细回忆着每一个细节，分析自己的不足和下次需要把握的时机和方法等。天一亮，艾子又努力说服“雪儿”，打电话“钓”李某出来见面。不知是计的李某果然上了钩。他刚一在约定地点出现，艾子和同事们便一拥而上，将其成功抓获。随后，艾子又全力追回了被骗的货物。

就这样，寒来暑往，转眼过了八个年头。艾子和村民们的感情越来越浓，他也深深地爱上了竹海这个美丽的山村。他说，自己有一个梦，就是要用心呵护与坚守，把这片山乡打造成最安全的家园，让乡亲们安心享受幸福美好的生活。

第三辑　拨开云雾见日明

二十四小时的不眠守护①

2011年1月24日，寒意袭人。

这一天傍晚，刑警张亮刚从案件现场回到家中。那个案件，他和几名同事整整盯了半个月，从监视居住到最终锁定证据、攻克犯罪嫌疑人心理防线，他和战友们通宵达旦地伏击守候。他们走村串户地调查取证，已经几天没有回家了。体力严重透支，再加上气候多变，一些同事陆续发烧、咳嗽、流鼻涕。可是，没有一个人吭声。现在案件成功告破，大伙儿终于可以回家好好睡上一个囫囵觉了。

警校一毕业，张亮便成了一名刑警，转眼已是第八个年头。这些年来，加班加点是家常便饭。一有大案要案，常常连续十几天盯案件，回不了家，能陪家人的日子屈指可数。这一晚，二十一个月大的儿子见他回家，格外淘气，嬉闹得欢。直到晚上十点钟，张亮才把宝宝哄睡了。倦意正浓时，手机突然响了。他心里咯噔一下——这么晚来电话，一定有情况！果然，电话里同事的

---

① 原载于2011年6月3日《人民公安报》。

声音显得有些急促："丁蜀发生了绑架案，立即出发！"

十几分钟后，张亮和同事们赶到了丁山派出所。此刻，由刑侦大队、丁山派出所数十名警员组成的专案组，正有条不紊地开展案件调查和走访取证工作。

原来，当晚九时三十分许，在丁蜀镇做美发生意的李先生接到了一个陌生电话。电话里，一名男子自称绑架了其十三岁的儿子，要求李先生准备二十万元赎金，不准报警，否则撕票。接到电话后，李先生和家人犹豫再三，最终选择了报警。

鉴于绑匪在暗处，受害人家属在明处，一旦打草惊蛇，绑匪有所察觉，后果将不堪设想！确保人质安全成了首要任务。专案组指挥员眉头紧锁。这时，指挥员看到瘦小的张亮走进来，眼前顿时一亮——有了！经过一番缜密的部署，张亮奉命秘密跟随李先生回家，负责现场指导其与绑匪周旋。与此同时，宜兴警方在全市范围内迅速展开地毯式搜索，搜捕绑匪。

这可不是件轻松的任务，张亮感到了肩上的责任和压力。时间似乎过得特别慢，期待、焦躁、不安，各种情绪在心头纠结。从24日二十三时四十分许，李先生接到绑匪的最后一次电话，又过去了整整六个小时，可李先生的手机却没了动静。多过一分钟就多一分危险。被绑架孩子的母亲几近崩溃，痛苦、绝望，号啕大哭……张亮一边安慰，一边冷静地叮嘱这一家人，这个时候绑匪一旦来电话，一定要沉着应对，千万不能暴露已报警！

事实上，这个时候，张亮的内心也正处于极度煎熬中。绑匪突然没了音信，到底发生了什么事情？他的心理承受能力也正经历着一次严峻的考验！

天渐渐亮了。时间到了25日凌晨六时许。突然，一声刺耳的电话铃声响起。"爸爸！爸爸……"电话里，孩子的声音清晰地传来。李先生抓狂似的对着听筒声嘶力竭地喊叫起来："宝贝，宝贝啊，你在哪里？"一定要冷静！张亮迅速用肢体语言引导李先生。绝不能再刺激绑匪，否则后果不堪设想。应尽可能地拖延时间，为警方搜捕绑匪争取时间。

电话里，绑匪急促地命令李先生立刻准备好赎金，随即又挂断了电话。手机再次陷入死寂状态。整整一个上午过去了，电话铃声再没有响起。

又是一次漫长的等待。经历了一个晚上的神经高度紧张，人渐渐有些疲倦了。但是，张亮明白，这个时候绝不能掉以轻心，一旦绑匪有所察觉，作出过激之举，孩子便会有生命危险，专案组数十名刑警付出的艰辛和努力将功亏一篑！务必要保持清醒！一定要保持清醒！

中午十二时许，电话铃再次响起。被绑架的儿童叫了一声“爸爸”后，电话迅速被绑匪抢了过去：“我知道你报警了！”电话那端，绑匪的语气阴沉得可怕。

张亮的手心里顿时惊出了冷汗。到底发生了什么事情？绑匪是真的有所察觉，还是在使诈？他迅速冷静下来，在手心里写下：“小孩在你手上，我们不可能报警！”当李先生颤抖着把这段话念完，对方啪地挂断了电话。

张亮的心随即紧绷起来。好在，很快，绑匪发来一条短信：“我再相信你一次！”见到短信，张亮长长地舒了一口气。原来，这是狡猾的绑匪使用的花招。

很快，绑匪又陆续发来短信，向李先生催要赎金，并威胁称当晚二十二时为最后期限，否则撕票。张亮一边引导李先生与对方进行短信沟通，一边迅速将信息反馈给指挥部。

墙上的挂钟渐渐指向二十一时，离犯罪嫌疑人预定的最后期限越来越近，可是，绑匪却迟迟不与家属联系。

焦灼，担心，如坐针毡。突然，电话铃响起。“钱准备好了吗？”电话里，绑匪的声音显得很焦躁。

“钱准备好了，怎么给你？”

"到张渚，回头我和你联系。"绑匪再次把电话掐断了。

一切准备就绪！指挥部迅速启动了抓捕方案！几分钟后，前方设卡堵截的刑警兄弟传来喜报："绑匪抓获，人质安全！"得知这一喜讯，张亮悬在嗓子眼儿的心终于落了下来。

二十二时三十分，男孩被警方成功解救。在临时指挥部里，重获自由的男孩猛地扑进了母亲的怀抱。一家人劫后重逢，抱头痛哭。望着这感人的一幕，张亮的心里漾起一股暖意。他知道，在这二十四小时生死营救的背后，凝聚了多少刑警的默默牺牲！

凌晨时分，张亮终于拖着疲倦的身子回到了家中。望着熟睡中的妻儿，他想，这下终于可以踏实地陪娘儿俩睡个觉了。

千里追寻[1]

2009年4月22日，重庆奉节。

刚下过一场暴雨，天空蓝得透亮。四周是葱翠绵延的山。漫山新绿中，隐约可见潺潺如银链飞悬的涧水，自山巅飞挂而下。紧挨着悬崖峭壁修凿的通道上，不时可见雨水冲蚀山体时塌方滚落的碎石。侧身向公路外探看，是深不可测的谷底。此刻，一辆小车颠簸着行进在山路上。后座上的两名乘客似乎无暇观赏眼前这旖旎的自然风光，皱着眉，不时地抬腕看表。已经快到正午了，这绵延的山峦似乎还只是拐了个弯。

中午时分，汽车终于在一个小镇上停了下来。车上的乘客快步走进那个临街的派出所，向民警表明身份——来自江苏宜兴的同行。

哦，这两位宜兴警察千里奔波来到重庆，为的是啥？

原来，不久前，宜兴某地接连发生了几起抢劫案。宜兴开发区派出所接到群众报警后，立即展开案件侦查工作，很快锁定目

① 本文获无锡市公安局“扬青年风采，铸忠诚警魂”征文活动三等奖。

标，将三名犯罪嫌疑人抓捕归案。

可是，当办案民警面对其中一名绰号为“小孩子”的犯罪嫌疑人小海时，不由得困惑起来。只见他一张稚气的脸，看上去只有十三四岁的样子。小海的年龄究竟有多大？为何会加入抢劫团伙？……带着这些疑问，办案民警展开了进一步调查。

原来，小海生活在单亲家庭，在他很小的时候，母亲就改嫁去了广东并又生了两个女孩。后来，父亲出门打工，他便跟随年迈的祖父寄居在伯父家，躲躲闪闪地生活在责怨的目光里。小学毕业那年，父亲带着他离开家乡，来到江苏宜兴谋生。

父亲送他到附近的民工子弟小学复读。他功课不好，经常逃学。疲于谋生的父亲早出晚归，无暇照顾他。于是，他被送到广东的母亲那里生活，继父为此常和他的母亲吵架。不得已，他又回到了父亲这里。

一天，他在父亲的手机里翻到了一个八九个月大的娃娃的照片。

他试探着问父亲：“这是你的孩子吗？”

父亲不置可否。他的心忽地沉了下去。

他时不时地离家出走，父亲每次找他回来，都免不了会恶声恶气。一次，他又与父亲翻脸了。临出门时，他听到父亲在他身后喊，“你走吧，走了就再也不要回来，我也再不认你这个儿子！”

就这样，他再也没有回家，从此流落街头。没有东西吃，他就饿上一两天。没地方住，他就溜到网吧里睡觉。偶尔有人可怜他，给个十块八块，他就买上一张通宵上网卡，天昏地暗地打游戏。他也曾悄悄溜回父亲干活的工地，发现工地早已完工，父亲已不知去向。他绝望地看着拔地而起的高楼，看着这座陌生的城市，一个人号啕大哭起来。

后来，他在网吧里遇见了丁某。十七岁的丁某有着与他相似的单亲经历，两个人惺惺相惜。丁某常偷了家里的钱溜出来，请小海上网或吃点儿什么。

3月下旬的一天，常来网吧上网的“光头李”忽然找到小海和丁某：“喂，小孩子，你们待在网吧里，什么也不做，又没钱花，不如我带你们做点儿事情。”

想着有钱可以随便花，丁某和小海稍稍迟疑了一下，便答应下来。

三个人当晚就着手实施抢劫，抢得一部仿三星手机，卖了三百五十元。初战告捷，他们又是上网，又是下馆子，把钱花得一干二净。接下来再做，就如鱼得水了。几天内，他们接连三次作案，其中一次抢得七百六十元钱和一部手机。“光头李”骗小海他们说，钱包里只有二百六十元钱，拿出二百一十元分了。剩下的五百五十元，“光头李”一个人独吞了。

就这样，脱离父母监护、缺乏明辨是非能力的小海，一步步滑入了犯罪的深渊，直到十多天后案发。

小海称自己出生于1994年4月，可办案民警通过查阅其户籍资料，发现他身份证登记年龄是1995年4月。根据我国《刑法》第十七条第二款规定，十四周岁至十六周岁为限制负刑事责任年龄阶段。也就是说，小海参与抢劫之时是否年满十四周岁，意味着他是否将被追究刑事责任。

事实究竟是什么？他的父母在哪里？重庆老家的户籍原始资料里究竟是如何记载的？老家的亲属是否能够提供证实小海年龄的证据、证言？本着对小海高度负责的态度，4月20日，办案民警查钢成等人踏上了去重庆奉节的追寻之路。经过两天的辗转奔波，他们来到了重庆奉节的一个小镇派出所。简单说明来意后，当地同行告诉他们，到小海老家的山路，车子很难上去，并热情地把所里的吉普车借给了他们。

经过一个多小时的颠簸，在半山腰一个设施简陋的小煤窑里，宜兴民警找到了孩子的二伯。二伯说：“这娃好像是1994年生的，我们这里习惯少报一岁。”

如此说来，小海确实已满十四周岁。可哪能就这么说说，还得重证据啊！得去小海报出生户口的派出所核实户籍底册，那可是在几十公里外的一个小镇上。

天色渐渐暗淡下来。查警官一行终于在民警下班前赶到了那个派出所，查阅到了小海报户口时的原始档案。一张手工填写的人口登记表上显示小海的出生时间为 1995 年 4 月。

同年 5 月，宜兴市人民检察院对参与作案情节显著轻微、作案时未满十四周岁的小海，作出了可以不追究刑事责任的决定。

小海重新回到了自由的天空，可他却没有丝毫的喜悦。相反，他的眼神有些黯然。查警官见状，关切地问小海："打算怎么办?"

"爸爸不要我了，我只能去广东找妈妈。可是，我把妈妈给我的电话号码弄丢了，想不起来她住在哪里了。没人敢用我这么小年纪的人打工，我赚不到钱做路费。"小海肩膀一耸一耸地，低头抽泣起来。查警官看了看外面渐渐暗淡的天色，说："今晚我先送你到旅社住下，明天我们再一起想办法。"

第二天，小海如约而至。查警官向派出所领导汇报后，经与相关部门积极沟通，举目无亲的小海被送到了救助站，将由救助站负责送回重庆老家。就在小海即将离开宜兴的时候，查警官通过小海的老乡，终于打听到并联系上了其正在安徽打工的父亲。闻讯后，小海的父亲连夜从安徽广德赶来，悲喜交加地表示，不管以后多么困难，一定要将小海带在身边，让他好好学习、生活。

夜深了，喧嚣了一天的都市渐渐安静下来。宜兴开发区派出所的一间办公室里，依旧灯火通明。灯影下，一名年轻的警官正埋头在厚厚的案卷中。今夜值班的他，又将度过一个不眠之夜。忽然，手机上出现了小海爸爸的短信："查警官，你好！睡了吗?别太累了，注意身体噢！孩子目前还是听话的。谢谢关心。"

"噢，对了，这个周末得找小海的爸爸聊聊，问问这孩子的近况！"这么想着，查钢成在备忘录上做了个记号。

我和战友们的追逃“长征”①

这是一名涉嫌故意伤害致人重伤的网上逃犯。2007 年 3 月 6 日，时年十七岁、陕西城固籍的鲁某，在宜兴市宜城街道某电影院门口，因与他人发生口角，持刀将人捅成重伤，后鲁某畏罪潜逃，被宜兴警方上网追逃。

2011 年 6 月，全国公安机关开展“清网行动”后，我们成立了追逃小组，对网上逃犯鲁某的社会关系进行了仔细梳理，发现鲁某生活在一个单亲家庭，父母离异。他的父亲在宜兴买房、结婚，目前在南京做工程。

得知这一信息后，我们立即上门做逃犯鲁某父亲的政策宣传工作，希望他能协助警方劝说儿子自首。但鲁某的父亲说，自己并不知道儿子现在在哪里。

由于鲁某出生后一直未落户，户籍档案里并没有他的资料。这些年过去了，我们仅仅获取了一张鲁某十二三岁时的照片作为参照，这对于追捕工作来说，无疑是一个巨大的考验。

---

① 原载于 2011 年 12 月 2 日《人民公安报》，有删节。

如何才能从有限的线索里发现逃犯鲁某的蛛丝马迹呢？茫茫人海，何处是他的藏身之处？突然，我灵机一动，四五年过去了，鲁某会不会在当地申报了户口？那么，为了躲避警方的追捕，他会不会换了新名字？带着一连串的疑问，我们借助公安信息网，以“陕西城固”、“南京”、“宜兴”等为关键词，进行信息研判。很快，一名叫小洲的年轻男子出现在我们的视线中，其年龄、相貌等特征与犯罪嫌疑人鲁某极其相似。

为了确保抓捕对象准确无误，我们努力联系上了当年被鲁某打伤的两名受害人。他们从安徽赶到宜兴，仔细辨认了身份信息照片，一致认定小洲就是逃犯鲁某。

对象基本锁定！经过进一步侦查，我们发现网上逃犯鲁某目前在重庆活动。7 月中旬，我和同事飞抵重庆。在当地警方的大力配合下，鱼儿很快便咬了钩。

7 月 15 日下午，由一名重庆女警化装侦查，扮成网友约鲁某在当地的一个公园见面。兴冲冲赶来会女网友的鲁某压根儿就没想到，等待他的是一副冰冷的手铐。

事后，鲁某告诉我们，案发后，他东躲西藏，后来到了重庆，在工地上打工。他在生活中不敢交朋友，格外孤独，便在网上找陌生人倾诉。他说，自己换了名字，没想到宜兴警察还是找上门来。

在这一年的 8 月至 11 月间，我和同事们又先后赴重庆、云南、湖北等地追逃，追捕一个信用卡诈骗团伙的两名同案犯。

2009 年 4 月，一个由湖北天门籍不法分子组成的犯罪团伙，在宜兴冒充医院工作人员，以订购病房床单、被罩为诱饵，以验资为由，通过复制银行卡的方式，骗走人民币十万元。不久，该信用卡诈骗案成功告破。我们先后抓获了该犯罪团伙的两名成员，但仍有两名不法之徒漏网。

其中一名犯罪嫌疑人，我们最初只掌握她的小名叫“花花”。

据同案犯反映，“花花”和前夫离婚后，前夫又结婚了，却因在外风流，让现任妻子割了“命根”，一度成为当地的热闻。这无疑是一条极有价值的线索。可是，当我们前往“花花”的老家湖北省天门市展开走访调查时，发现符合该条件的对象只有一人，是当地一名农民，并很快被排除了。

线索突然中断了。两年多来，我们曾多次前往湖北天门走访调查。有一天，当我们拿着在案发现场获取的嫌疑人“花花”的视频截图找当地同行辨认时，一名联防队队长脱口而出：“这不是吴××嘛!”真可谓“踏破铁鞋无觅处，得来全不费工夫”。

可是，接下来的工作却并不顺利。当我们针对网上逃犯吴某展开进一步侦查时，吴某却像蒸发了一样销声匿迹，没有人知道她的下落。

“清网行动”开展后，我和同事们又一次前往湖北天门开展工作。根据知情人提供的线索，吴某目前在湖北、重庆、四川、安徽等地流窜。于是，我们向各地警方发出协查通报，同时抓紧进行排摸工作。

8月初的一天，我意外接到了湖北天门刑警队甄队长的电话。电话里，他兴奋地告诉我：“吴某现在在重庆!”

事不宜迟！放下电话，我来不及整理行装，便与同事们一起直奔重庆。重庆是一座山城，特殊的地形地貌，无疑加大了我们走访排查的难度，但这点儿困难对于我们追逃民警来说，算不上什么。在重庆警方的全力配合下，我们对嫌疑地段进行了地毯式搜查。功夫不负有心人，8月12日傍晚，当我们盘查至某旅馆时，发现了网上逃犯吴某。此刻，她正在旅馆里呼呼大睡，压根儿就没想到宜兴警察会找到她。

抓获逃犯吴某后，我们追逃小组士气大振。兄弟们一个个摩拳擦掌，决心一鼓作气，全力追捕该诈骗团伙的另一名漏网之徒刘某。

国庆前后，我们放弃了长假休息的机会，再次前往湖北天门，仔细梳理逃犯刘某的社会关系。我们找到了他的亲友，发动他们做刘某的工作，说服其投案自首，但效果并不明显。在此期间，我们获得了刘某目前可能在深圳活动的线索，但遗憾的是，很快就被排除了。

11月初，我们又获得了一条线索。目前，网上逃犯刘某化名“欧阳”，逃窜到了云南省金平县。得知这一信息后，我和同事们立马飞抵云南昆明。第二天一大早，我们搭上了一辆昆明开往蒙自的大巴车。由于西南地区的路况较差，高速路大多是双向车道，弯道又多，一路上险象环生，三百公里的路足足走了五个多小时。而从蒙自到金平，路况更是凶险，沿途尽是峡谷、绝壁。我们乘坐的大巴车一路蹒跚着穿行在崇山峻岭间，不时会有滚石从路边的山体上滑落。一百多公里的路，竟花了四五个小时。等我们抵达金平，夜幕早已降临。

我们随即与金平警方取得联系，展开工作。当地同行向我们介绍说，金平系苗族、瑶族、傣族自治县，具有边境、山区、多民族等特点，与越南、老挝等国家接壤。边境线长达五百多公里，有三个边民互市点及六十六个通道。山连山，水连水，双方边民跨境而居，来往密切，边境贸易繁荣。得知这些情况后，我们暗自捏了一把汗。多民族的聚居特色、繁荣的边境贸易，无形中增加了我们追捕逃犯的难度系数。

绝不能打草惊蛇！一旦让这名逃犯有所察觉，他很可能会亡命潜逃出境。那样的话，兄弟们连日来的努力就付诸东流了。经过一番精心策划，在金平警方的大力配合下，我们在全县范围内展开了对逃犯刘某的秘密追捕工作。11月9日，经过地毯式排摸，我们在一家旅社里发现了刘某的踪迹。但遗憾的是，我们来晚了一步，刘某已于前一天离开了旅社。不过，我们也获得了一条新线索——刘某目前正和湖北老乡在当地的集市上卖鞋子。掌握这一情况后，我们在云南金平警方的配合下，对当地所有乡镇集市进行了拉网式清查。10 日上午，在当地一个叫“阿得博”的小镇上，网上逃犯刘某落网。刘某得知我们是江苏宜兴警察，感到非常惊讶。他说自己隐姓埋名，前两天刚逃到这个边境小城，没想到还是被抓住了。

清网追逃，我们在路上[1]

秋天是收获的季节，对于我们清网追逃民警来说，也是一个成果丰硕的季节。

“清网行动”开展以来，短短的四五个月，我们宜兴市公安局交巡警大队捷报频传。江苏省公安厅督办的网上逃犯全部到案，潜逃十年以上的嫌疑人都被抓捕归案，参加追逃工作的同志们都很欣慰。但是尚有几名漏网之徒。作为追逃小组组长，我看在眼里，急在心里。

按照宜兴市公安局的统一部署，我们交巡警大队追逃小组加紧了对逃犯的信息梳理及研判工作。10月25日，我和同事们又一次踏上了追逃之路。

根据前期排摸的情况，几名漏网的逃犯目前有可能活动在安徽、上海等地。于是，我们精心制订了追捕方案，成立了三个行动小组：一组由同事李旭峰带队，前往安徽，工作对象为安徽籍的五名网上逃犯；二组由我负责带队，前往上海抓捕逃犯杨某，

① 原载于2011年12月9日《人民公安报》。

同时进一步梳理有可能活跃在上海的其他逃犯的信息；三组由同事马卫根负责，在本地协同作战，针对在宜兴务工的逃犯家属，做好政策宣传工作，劝说网上逃犯自首。

网上逃犯杨某，河南省潢川县人，涉嫌于2007年1月27日，在宜兴交通肇事致一人死亡后逃逸，被宜兴警方上网追逃。案发后，我们多次组织警力对杨某进行追逃，同时联系其户籍所在地公安机关协查布控，却始终没能发现其踪影。办案民警多次与杨某家属联系，均称不知其行踪，但我们对杨某的追捕工作从未间断过。

9月6日，我们得知逃犯杨某有可能在上海打工后，立刻赶往上海。但狡猾的杨某闻风而逃，我们扑了个空，铩羽而回。

10月25日下午，我和同事们再次前往上海，来到杨某曾经的租住地闵行区纪王镇调查走访，发现在这里打工的外来务工人员有五万余人。茫茫人海，从何处下手？经过反复研判，我们决定，线索从哪里断，就从哪里接上。明确思路后，我们在上海警方的配合下，对该地区展开了地毯式排摸。为避免打草惊蛇，我和同事们化装深入，揣着逃犯杨某的照片，对该处所有的房屋出租户进行秘密走访。

功夫不负有心人，经过三天的秘密走访工作，28日傍晚，我们终于获得了一条有价值的线索。一名已退休的联防队队长看了杨某的照片后，回忆说，不久前见过此人，在菜市场帮人杀鸡，其妻在上海浦东做保姆。我们立刻根据线索，连夜摸到了杨某的暂住地，悄悄埋伏了下来。

当晚二十二时许，那个熟悉的身影出现在我们的视线里。大伙儿一拥而上，将网上逃犯杨某成功抓获。

事后我们得知，原来，9月，杨某逃脱我们的抓捕后，迅速搬离了住所。但是，他心存侥幸，认为最危险的地方也许最安全。于是，他搬到了几公里外的一处废钢码头内。可机关算尽，终究逃不出正义的法网。

初战告捷！胜利的喜悦迅速传到了每个小组。此刻，由李旭峰带领的另一个追逃小组正盯着安徽的几名追逃对象。他们辗转奔波于霍邱、阜阳、太和、阜南等地，对几名追逃对象的家属展开了劝投工作。田间、地头、小院、灶边，都成了他们工作的场所。声势浩大的劝投工作，让这些网上逃犯的家属意识到了劝说家人自首的紧迫性。

与此同时，留守的第三小组也没闲着。队员们将各抓捕小组掌握的信息进行汇总、梳理、研判，然后与我局奔赴全国各地的清网追逃小组反馈回来的信息进行碰撞。同时，对在本地打工的逃犯家属的劝投工作正紧锣密鼓地进行着。

在各小组的密切配合下，我和同事们又辗转找到了在上海打工的安徽省霍邱县人蒋老伯。他的儿子蒋某涉嫌于2004年5月23日在宜兴交通肇事，致两人死亡后逃逸。我们向蒋老伯耐心地宣传了相关的法律、政策，老人最终被说动了，答应第二天就回安徽老家，动员儿子投案自首。11月15日，潜逃了七年之久的网上逃犯蒋某来宜兴投案自首。

随后，我们又确定了网上逃犯李某（安徽省阜南县人，涉嫌于2003年8月26日在宜兴交通肇事，致一人死亡后逃逸）的动向，发现他冒用其堂弟的身份，目前在温州活动。11月6日，李某迫于警方的压力，主动投案自首。紧接着，陶某、田某、魏某等涉嫌交通肇事的网上逃犯，也先后被抓获或自首。

11月12日，我们两个追逃小组在连续奔波了近二十天后，陆续回到了宜兴。大伙儿虽然都很疲惫，却掩饰不住内心的喜悦。

“到家了，大伙儿辛苦啦！”见了面，彼此问候。

“说真的，抓不到人，我就不回来了！”这是一个出发前发了誓的追逃队员的声音。

“哈哈哈，那你老婆孩子怎么办啊?”我打趣道。

“前两天，老婆打电话给我，说儿子这次数学考砸了，得赶紧督促一下。小家伙才一年级，正在打基础，还真不能放松。”同事的神情一下子暗淡下来。

“哎，在外面接到老师敦促家长要多关心孩子的电话，心里真不是滋味啊！我女儿上高中了，正是关键时刻，可平时陪闺女的时间实在太少了。”这么说着，我的心里忽然有一种歉疚。

“还剩两个‘硬骨头（网上逃犯）’要啃！咱还不能放松这根弦啊!”不知是谁在一旁提醒。

是呀，其实我们都明白，战斗还在继续。这不，11 月 16 日，我们又踏上了追逃的征程，一场新的战斗正在悄悄打响。

拨开云雾见日明

我是一名刑警。在2011年这场全国公安机关如火如荼开展的“清网行动”中，我和战友们走遍雪域高原、彩云之巅，辗转在荒漠戈壁，穿行于巴山蜀水。我们在路上，累并快乐着。

春节刚过，我和同事们奉命追逃。对手是一名河南潢川籍命案逃犯，涉嫌于1993年10月伙同他人在宜兴鲸塘抢劫杀人，致一死一伤。案发后，宜兴警方很快便抓获了其中两名嫌犯蔡某、陶某。但遗憾的是，嫌犯刘某却似“人间蒸发”，音信全无。十多年过去了，我们始终没有放弃对刘某的追捕工作。

我们在刘某的老家河南潢川走访、排查，梳理了大量冗杂的信息。一晃很多天过去了，追逃工作仍毫无进展。在走访中，不断有人告诉我们，十八年来，刘某从没回过老家，恐怕早就死了。

这样的消息无疑让人有些气馁。可是，出门之前领导的叮咛就在耳畔：“没有情况，不要回来。”这是压力，更是动力！面对毫无头绪的信息，我们静下心来仔细分析前期工作的得失。大伙儿一致认为，从心理学角度分析，一个潜逃了十多年的人，警惕性往往会有所下降。虽然刘某的父亲去世了，但他的母亲尚健在，家里还有兄弟姐妹。他们以前不会联系，可这么多年过去了，很可能会放松警惕。于是，我们迅速转变思路，在外围调查，曲线寻踪。

通过暗访，我们发现，刘某有两个哥哥，近年来在浙江杭州、河南潢川、安徽涡阳、广东广州等地打工；他的母亲跟随大女儿在河南生活；其二姐已远嫁安徽涡阳。根据这些线索，我们先后两赴河南潢川、三上安徽涡阳，在当地警方的配合下，基本排除了刘某在河南或潜逃到杭州、广州等地的可能。

线索突然中断，追逃工作陷入了窘境。通过排查，我们发现刘某的二姐数年前举家去了西藏，并捕捉到了其中的“玄机”——她经常和安徽涡阳一个叫阿珍的女子联系。阿珍有两个小孩，都姓刘！狐狸终于露出了尾巴！我们顿然像打了鸡血般振奋。可当我们一路追踪，又一次赶到安徽涡阳时，一个令人沮丧的消息传来：4 月下旬，阿珍把家中存款全部取走后神秘失踪。

难道我们的行踪暴露了？我和队友们仔细回忆了一下。调查始终在暗中进行，身份不可能暴露。于是，我们围绕阿珍，全面展开侦查工作，务必要摸清底细！5 月下旬，我们发现，阿珍在西藏日喀则活动。

6 月 2 日，我和队友们飞抵西藏拉萨。一行人风尘仆仆，无暇欣赏雪域高原独具特色的旖旎自然风光，直奔海拔三千八百米的日喀则市。可迎接我和队员们的是浑身酸痛，脚下似踩了棉花，晚上根本睡不了觉，头疼得像撕裂了一般，正值壮年的我也有些难以抵挡这强烈的高原反应。这点儿困难算不了什么！大伙儿振作起精神，全力开展追逃工作。6 月 7 日中午十二时许，在日喀则警方的全力配合下，我们在当地的一个农贸市场将正在卖土豆的命案逃犯刘某当场抓住。

原来，我们在安徽涡阳调查时，疑心很重的刘某觉察到了异常，随即带着老婆阿珍及孩子潜逃至西藏日喀则市，投靠其姐姐，以卖菜为生。

我们追逃小组成功抓获了潜逃十八年的命案逃犯刘某，被公安部领导盛赞为“打响了清网行动的第一枪”，并荣记集体二等功。

首战告捷！来不及分享胜利的喜悦，我和队友们又踏上了新的追逃征程。为了最大可能地提高追逃效率，我们先后抵达安徽、贵州、云南等地，梳理分别潜逃了十一年、九年之久的命案逃犯宋大和左大贵的相关线索。

说实在的，追逃工作对于刑警而言，是件苦差事，也是项“技术活”，要有“大智慧”，要能够在纷繁复杂的信息中甄别线索，拨云见日。

功夫不负有心人。8 月 30 日深夜，我们在大山深处的云南省彝良县毛坪村，成功抓获了潜逃十一年的命案逃犯宋大。9 月 23 日凌晨，我们又在云南省蒙自市雨果铺镇一家废品收购店里，将潜逃了九年之久的命案逃犯左大贵成功抓获。

10 月 25 日，我们再次出征，追捕一名涉嫌于 1996 年 12 月 24 日在浙江宁波伙同他人抢劫并杀害出租车驾驶员、抛尸宜兴的命案逃犯刘某。

时隔十多年，犯罪嫌疑人的户籍地区划、家庭社会关系等都发生了很大的变化，原先掌握的信息已严重滞后，我们决定一切从零开始。

通过在刘某的老家山东东营开展工作，我们发现刘某有个哥哥。他的母亲因患有老年痴呆症，几年前在回安徽老家的途中走失。他的父亲目前住址不详。

当地一名派出所女警借口上门拍摄二代身份证照片，从刘某的哥哥那里打听到，他的父亲目前住在老年公寓。我们通过走访老人周围的群众得知，经常和老人保持联系的，除了他的大儿子以外，还有一位来自山西太原的神秘人士。

老人已年过八旬，如果非亲非故，谁会关心他呢？带着这样的疑问，我们紧紧围绕“山西太原”这条线索，抽丝剥茧，循线追踪。

这时，老人在安徽利辛老家的侄子“阿峰”进入了我们的视线。“阿峰”几年前从安徽利辛“婚迁”到了山西太原。我们在公安信息网上查询到了“阿峰”的信息，其照片与嫌疑人刘某的特征极为相似，都是浓眉大眼。为了进一步甄别，另一组同事迅速赶往安徽利辛，通过走访调查得知，阿峰在几年前入赘到了女方家，可是女方在河南，而不是山西。同时，熟悉阿峰的人一致称，身份信息照片上的“阿峰”与其本人有出入。疑点上升！

得到这一消息后，我们连夜从山东东营赶到山西太原开展追逃工作。11 月 5 日，机会来了。这一天晚上七时许，在山西省太原市一家并不起眼的牛肉店门口，一名老板模样的中年男子正在招揽生意。

就是他，没错！当眼前这名浓眉大眼的男子进入我们的视线时，我们立刻作出了判断。几乎没有迟疑，我们一拥而上，将这名男子牢牢制伏。

面对讯问，男子百般狡辩，称自己叫阿峰：“你们认错人了！”

“不要演戏了。真正的阿峰回安徽利辛老家了。昨天是他侄女结婚，现在他正在老家喝喜酒呢。”这句话就像一颗重磅炸弹，“阿峰”的眼神顿时慌乱起来。沉默了几分钟，他开了口，承认自己就是刘某，并对伙同他人在宁波抢劫杀人后抛尸宜兴的犯罪事实供认不讳。

冲动的惩罚

一

2011年9月1日，云南省彝良县看守所。

哐当一声，一扇沉重的铁门在身后关上了。在几名宜兴刑警的押解下，犯罪嫌疑人宋大坐上了车。他望着车窗外渐行渐远的山城，忍不住泪流满面。此刻，他明白，此生不知道何时才能回来。十多年来，压在他心头的这笔用金钱无法偿还的债，让他东躲西藏、苟且偷生。如今，这种日子终于到了尽头。这么想着，他反而觉得解脱了。于是，他在宜兴刑警面前打开了话匣子。

他是安徽南陵人，因家境贫寒，小学四年级便辍学在家。十六岁那年，他跟随亲友来到江苏宜兴打工。一天，他在一家企业的宿舍区粉刷墙面，一盆从天而降的水把他淋了个透湿。他正想发火，楼上探出一张年轻女孩的脸，忙不迭地说“对不起”。过了一会儿，女孩又特意跑下来，拿了口香糖给他。他的心里忽然有了甜丝丝的感觉。后来，俩人慢慢熟悉起来。女孩告诉他，她是云南人，被亲戚骗来卖给人做老婆，可对方嫌她不漂亮，她便跑出来打工谋生。亲戚见算盘落空，便问她讨要路费。可她哪拿得出这么多钱，只好省吃俭用、拼命赚钱。

同是异乡客，俩人同病相怜，情愫暗生。他主动替她还了五百元的路费，让她跟自己到工地上吃饭，还常常送饭菜给她。渐渐地，俩人走到了一起。

2000 年 9 月 3 日，对于他来说，是个灾难的日子。他的人生在那一天被彻底改变了。

当晚七八点钟，他跟工友们粉刷完工地上的墙面后，回宿舍吃饭。说宿舍，其实是这个尚未竣工的工地上，二楼的一间屋子，是他和翠翠的“二人世界”。正在他跟翠翠吃晚饭时，他听到楼下有人喊：“粉刷的，怎么不把砂浆搞干净？”

他闻声走到窗边，见那人是看工地的，就说：“这关你啥事？等我吃完饭再去整理砂浆好了。”许是语气里带着不友好，对方很生气，从地上捡起一件家什扔了上来。他急忙躲开，也捡起一件东西砸了下去。那人离开了，他也继续吃饭。

不一会儿，那人怒气冲冲地拿了根木方冲了上来。见来者不善，他噌地站了起来。就在他站起来的当儿，那人拿着木方朝他抡过来。他连忙用手去挡，两人扭在一起，厮打起来。

翠翠见状，慌忙上来劝架。可没想到，那人的木方打到了翠翠身上。想到翠翠已有身孕，他顿时火冒三丈，见桌子上有一把刀，拎起来就往那人身上猛捅。

那人连连退到了门口，咕哝了一句：“你还用刀捅我啊！”说完就支持不住，倒在了地上。

他愣住了，这才发现自己浑身是血。他连夜出逃了。第二天，听说那人失血过多，死了，他便搭上了一辆长途车，从此亡命天涯。

二

案件发生后，宜兴警方迅速展开侦破工作，多次发兵云南等地展开追逃。但遗憾的是，始终未能收到效果。

2011 年 5 月 26 日，公安部网上追逃专项督察“清网行动”开展后，宜兴市公安局刑侦大队副大队长蒋小峰和同事王华峰，这一对黄金搭档，再次踏上了漫漫追逃路。

他们在犯罪嫌疑人宋大的原籍安徽南陵进行摸排时，发现案发后不久，其父母抑郁成疾，先后离世，宋大都没有回老家奔丧。这些年来，宋大与家里的兄弟姐妹也失去了联系。抓捕工作一度陷入了僵局。但他们并没有气馁，通过深入细致的排摸工作，掌握了一条非常重要的线索——

2000 年 9 月，宋大出事时，他的云南籍女友翠翠已有身孕。案发后的那年春节前夕，挺着大肚子的翠翠来到宋大的老家南陵，产下了一个男孩。几个月后，翠翠带着儿子离开了南陵，至今下落不明。

显然，孩子是宋大的。那么，寻找翠翠的下落成了追捕工作的关键环节。可是，翠翠是云南哪个地方人？谁也说不清楚。追捕小组的民警通过查阅那些尘封的档案资料，寻找蛛丝马迹，发现当时翠翠留下的家庭地址为云南省某县毛坪乡太平村。通过进一步查询发现，全国仅在云南省彝良县有一个毛坪乡太平村。可让人失望的是，办案民警通过公安人口信息系统进一步查询的结果显示，当地根本没有这个叫翠翠的女子。

翠翠的真实名字究竟是什么？她现在在哪里？茫茫人海，这无异于大海捞针。这时，专案民警做了一个大胆的尝试，将该县和翠翠同姓、与宋姓男孩有关联的信息进行模糊搜索，从千余条人员信息中逐一比对、甄别！经过连续枯燥的数据比对，终于，一名2000年5月1日出生的宋姓男孩引起了办案民警的注意。虽然表面上，男孩在案发前出生，挂在其外公的户头上，没有填写其母亲的信息，看上去似乎与翠翠毫无瓜葛，但经过仔细甄别，专案民警发现该男孩的母亲叫佳翠。经过进一步辨认，最终确认佳翠即是专案组苦苦寻找的宋大“女友”翠翠。

8月26日，已经连续出差了二十余天的蒋小峰和王华峰，从贵州省六盘水市坐上了开往云南昭通的列车。经过四个多小时的行程，他们又风尘仆仆地搭上了一辆从昭通市开往彝良县的长途客车。

汽车在蜿蜒的山路上缓慢前行。两侧是悬崖峭壁，公路尚未竣工，冷不丁地会有碎石飞落到路面，挡住去路。一些路段正在“半幅面施工”，汽车在坑坑洼洼中颠行，或者索性“趴窝”，拥堵成长龙，半天动弹不了。

经过近两个小时的路途，汽车终于来到了这个位于云、贵、川三省交界处的彝良县角奎镇。该地距昭通七十三公里，距昆明市近千里，辖区多崇山峻岭，地广人稀。其所在的乌蒙山区是古代西南彝族文化的发祥地，生活有十七个民族。独特的自然及人文地理条件，给案件侦查工作带来了很大困难。

随后的几天里，在彝良警方的大力配合下，两名宜兴刑警针对翠翠的家庭成员等情况展开了秘密侦查。

有村民反映，翠翠家的上门女婿叫段平，湖南人，以泥工为生。“就是他！”面对犯罪嫌疑人宋大的画像，这名村民毫不犹豫地断定。可随后的解释却让人又有些哭笑不得：“因为牙齿像呗！本地人喝矿物质较多的水，牙齿都是发黑的。段平的牙齿是雪白的啊！”

侦查破案可不是儿戏，一定要以事实为依据。民警决定化装深入，沿着段平的活动轨迹进行秘密侦查。8月30日，追捕小组得到一条消息，段平到村里某煤矿附近的地里去挖土豆了。民警随即追踪而去。翻越了一个多小时的山路，追捕民警赶到了目的地，会同当地同行在嫌疑路段进行伏击蹲守，张网以待。可是，时间悄悄地过去了，却始终不见嫌犯的身影。到了晚上，又有消息传来，说段平回家了。

追捕小组迅速调集警力，连夜赶回太平村。而该村处于连绵的大山深处，道路崎岖难行。抵达该村时，已是二十二时许。十余名民警迅速将“段平”的住处围个水泄不通。

而此刻，多疑的“段平”显然是嗅到了些什么。他推门来到二楼阳台上，发现有几辆汽车停在院外，便悄悄走到了后门。可是，门外早已被警方牢牢地把守住了。僵持了几分钟后，他只好打开了房门。

“宋大，我们是江苏宜兴刑警。”事实上，犯罪嫌疑人宋大的面貌早已嵌在了两名追逃民警的脑海里。眼前的男子正是潜逃了十一年之久的命案逃犯宋大。

沉默了几分钟，“段平”开了口：“我就是你们要找的宋大。”

三

被捕后，宋大告诉民警，逃亡这些年来，他先后在广东、浙江等地打工。因为没有身份证，他化名“段平（取谐音，意思是要与过去一刀两断，平平安安）”，在一些小工地卖苦力。如果工地上要办暂住证，他便换一家。为了谋生，有几次，他误入了黑工厂。侥幸的是，他发现后，很快便逃了出来。偶尔，他在大街上会遇到熟人。他总是远远地躲开，生怕被认出来。

东躲西藏了一些日子后，他和翠翠取得了联系，悄悄把翠翠接到了工地上，一起生活。

在他逃亡的第二年，他的母亲因为他，把眼睛都哭瞎了。一次，他母亲在火盆边烤火，一头扎进去烧死了。不久，他的父亲也抑郁而亡，而他却不能回去为老人奔丧。2008 年 5 月，他八岁的儿子意外落水身亡。一次又一次的打击，让他意志消沉，而他只有选择在繁重的体力劳动中，让自己暂时忘却痛苦。每每夜深人静的时候，他会一次次地拷问自己的灵魂，在孤独和纠结中迎来新的黎明。

这些年来，他特别喜欢看法制类的节目和杂志，试图在别人的故事里找到自己的影子。在浙江打工时，一次，他看到法制节目中的主人公被劝说投案自首，便有了强烈的自首欲望，可最终还是没能鼓起勇气。

后来，他跟着翠翠回到云南彝良，告诉别人，自己叫“段平”，是芜湖人。因为发音不准，邻居们都以为他是湖南人，他也没纠正。

在彝良老乡的眼里，他是一个勤勉的上门女婿，人长得端正，还有一门好手艺。他用了一年多的时间，亲自动手烧制砖瓦、砌砖、刷墙，建起了一栋两层小楼，在村里算是鹤立鸡群的——他想给翠翠一个安稳的家。因为生活窘迫，这些年里，他从来都没有给翠翠买过衣服。唯一一件值钱的信物，是当年两个人恋爱时，他送给翠翠的一枚金戒指，时价三百多元。

前不久，翠翠又怀孕了。被捕前两个月，他从打工的浙江回到了云南。他想在家里多陪陪翠翠，给她一份依靠。

被捕当晚，他忽然有种不祥的预感。他甚至打开房门，推着摩托车到了院子里。而不多时，宜兴刑警便出现在他的面前。

逃　亡

2002年冬天，左大贵二十九岁，从贵州水城老家来到江苏宜兴。他的第一份工作干了快一个月，没拿到工资，被老板赶了出来。他又在一家琉璃瓦厂找到了活，工资按月结算。可一个月后，老板却说做的瓦废品率太高，把他和两名工友辞了，并很快招了新工人。

左大贵坚持要向老板讨个说法。那年的12月4日凌晨，天还没亮，早班工人就开始作业了。左大贵住在厂区工棚里，听到动静，起身出门。他和新工友商量，能不能等自己讨到了工资，再开工。大家都是贵州老乡，工友也就停工了。

发现有人捣乱，厂方找人来帮忙。话不投机，双方动了手。混乱中，左大贵拿起一把刀，向对方抡去。没想到砍了个正着，对方应声倒地。左大贵见势不妙，拔腿就往厂门口逃。这时，有人抄家伙阻拦。左大贵挥刀一阵乱砍，当场造成一死一伤的血案。

见闯下了大祸，左大贵仓皇出逃。可是，他的口袋里仅剩下了五十元钱。他搭车到浙江，向那里的老乡借盘缠，东拼西凑了张火车票返回贵州。

一个星期后，他悄悄潜回了老家水城。这时，有熟人见了他，很是惊讶：“你还敢回来啊！警察来找你了。”

他明白，一定是宜兴警察找上门来了，急忙躲了起来。后来，他听说老婆小凤也从宜兴回了贵州老家，便托人悄悄带信给小凤。随后，他们举家逃到了云南。

在云南蒙自，他先是做苦力，当搬运工，一天挣个二十来块钱。后来，他学会了挖井的手艺。渐渐地，附近的乡亲都慕名而来。他的老婆小凤则在当地开了一家废品收购店。

在他们举家逃亡的日子里，小凤又为他生了两个儿子，加上案发前生的两个女儿，一家六口人，日子过得紧紧巴巴。

逃亡这九年来，他和小凤过着风声鹤唳、草木皆兵的日子。九年来，宜兴警方先后多次追逃，但嫌犯左大贵似人间蒸发，音信皆无。

2011 年 8 月 21 日，宜兴追逃刑警又一次风尘仆仆地赶到贵州水城，全面梳理命案逃犯左大贵的相关线索。

当地同行提供了这样一条信息：2008 年，左大贵的妻子小凤曾带孩子回老家。遗憾的是，当地派出所民警闻讯赶到那里时，已是人去楼空。

有群众反映，去年小凤曾偷偷溜回老家，想替孩子报户口，可她连生了四个孩子，显然不符合计划生育政策。最终，孩子的户口没能报上。

案发前，左大贵和小凤只有两个孩子，现在又多了两个。这条信息让追逃民警眼前一亮。显然，小凤背后有一个男人，那个男人极有可能就是左大贵！

这时，有知情人提供了一条线索：小凤目前可能在云南省红河州。追逃小组决定前往云南，深入排摸。9 月 17 日，专案组发现小凤在云南省蒙自市雨果铺镇开了一个废品收购店。接着，他们顺藤摸瓜，锁定了左大贵的活动轨迹。9 月 23 日凌晨，在当地警方的大力配合下，将左大贵成功抓获。

被捕后，左大贵告诉警察，就在前一天（即 9 月 22 日）凌晨，小凤做了个梦，梦见他被警察抓住了。醒来后，小凤忧心忡忡地向他描述了梦境。两个人的对话被十二岁的大女儿听到了。女儿问，爸爸是杀人犯吗？小凤怕孩子说漏嘴，慌忙掩饰说，爸爸妈妈是开玩笑的。没想到一语成谶，该来的终究是逃不掉！

舅奶奶竟是“狼外婆”

2011 年 3 月，江苏宜兴新庄。

艳艳从贵州来宜兴新庄打工多年。这天，她在租的房子里照看未满周岁的儿子聪聪。这时，孩子的舅奶奶翠翠过来串门，唠了一会儿嗑，抱起聪聪，说带他出门玩一会儿。因是自家亲戚，艳艳没当回事。

可蹊跷的是，这一走，翠翠就再也没回来，聪聪也不知去向。询问舅舅，才知道两个人关系紧张，已分居多时。艳艳担心儿子发生意外，慌忙和家人一起赶到新庄派出所报案。

接到报警后，宜兴警方高度重视，迅速展开走访调查。

翠翠，三十岁，从贵州来宜兴打工多年。翠翠曾撇下丈夫和二个孩子离家出走。 周前，翠翠突然回家，案发后又离奇失踪。

有知情人提供线索，翠翠曾和贵州老乡阿德同居。前些日子，阿德回贵州水城老家了。

翠翠会不会带着聪聪去贵州水城找阿德了？带着这样的疑问，警方会同艳艳赶往贵州水城。

三天后，艳艳等人风尘仆仆地找到了阿德家。刚踏进门，便看见阿德的母亲怀中抱着一个婴儿。“娃的右额头上有颗痣，是我的聪聪。”艳艳激动地扑了上去，紧紧抱住孩子。

阿德的母亲见状，大叫起来：“来人啊，有人抢娃啊……”

拉扯了半天，双方才搞明白，原来这是翠翠一手策划的“闹剧”。趁着两家人争吵之时，翠翠乘机从后门溜走了。

光天化日之下拐卖儿童，性质极为恶劣！案情被层层上报后，引起了上级公安机关的高度重视。此案被列为公安部重点督办的拐卖儿童案，嫌犯翠翠被警方网上追逃。

在此后的数月里，宜兴刑警多次前往贵州追逃，发现翠翠在老家只剩下母亲和继父两个亲人，兄弟姐妹都在外地打工。案发后，翠翠没有和家人联系过。案件侦查工作一度陷入了僵局。

11 月，经过大量的摸排工作，追逃小组掌握了一条重要线索：翠翠目前在广东惠州。得知这一情况后，宜兴民警立即赶赴惠州，在当地警方的配合下，针对嫌疑人翠翠展开全面侦查。11 月 20 日凌晨，追逃小组在一栋商住楼三楼的出租房里，成功抓获了嫌犯翠翠。

原来，翠翠他们夫妻关系一直不好。2009 年初夏，翠翠认识了贵州老乡阿德，两个人很快就同居了。阿德比她大十岁，希望能生个儿子延续香火。翠翠假装答应了，但事实上，她早就做了节育手术。为讨阿德欢心，她谎称自己怀孕了，阿德自然是喜出望外。

过完年，阿德回贵州老家修缮房子，翠翠跟着去阿德家同居。回到宜兴后，翠翠听说艳艳生了一男孩，便打电话给阿德，说为他生了个儿子。

老来得子！阿德这个开心啊！他立马从贵州老家赶回宜兴，和翠翠公开同居。在此期间，翠翠两次把聪聪从艳艳家里骗出来，抱给阿德看。阿德也没怀疑，连说要带聪聪回老家办满月酒。

翠翠担心露馅儿，谎称自己的妹妹非常喜欢聪聪，一直帮忙照看聪聪，如果抱走的话，怕妹妹会受刺激寻短见。阿德只好带着翠翠，两个人回老家办了孩子的满月酒。两个人在贵州待了两三个月。在这期间，她告诉阿德，孩子要买奶粉，需要花钱，抚养费一年也要一两万元。阿德说他给钱，只要把儿子照顾好就行。

翠翠担心阿德怀疑聪聪的身份，便想，如果把聪聪弄到阿德家，就能从他手里骗到更多的钱了。主意打定，她回到宜兴，花言巧语地从艳艳手里骗走了聪聪，连夜搭车到贵州水城，直奔阿德家。

卖“粑粑”女子背后的男人

村里人说他十多年前被人绑架，早就死了。

前妻说他当年被人打成重伤，失去联系，至今生死不明。

他叫王东，云南嵩明人。二十世纪末，因涉嫌诈骗宜兴某供销社五百余万元货款，他被宜兴警方列为网上逃犯。

十多年来，他隐姓埋名，流离失所。他的逃亡历程，定格在2011年10月26日。宜兴警方抓获他时，发现病历卡上，他的名字叫高栋。

故事得从1994年说起。那时，王东是云南省烟草公司驻昆明办事处副主任。某日，王东在生意场上结识了一个绰号叫“杨婆娘”的人，称手上有烟草指标。王东不信，激将道：“你把香烟发到昆明来，不用卸货就给钱。”

可谁料到，三天后，“杨婆娘”居然发来了整整一卡车“红塔山”，时价二百万元左右。王东等人开箱检验，又拿了样品去做专业鉴定，结果是真的，这在烟草国家计划、奇货可居的当年，让王东等人着实刮目相看了一番。

见“杨婆娘”如此神通广大，王东立马把钱付清，请她再发些货过来。又过了十多天，“杨婆娘”拉来了两车货，价值四百多万元。在此期间，王东还介绍石家庄的一家烟草公司与“杨婆娘”做了一笔价值八百多万元的烟草生意，王东从中赚取每条烟两元钱的差价。在短短的十多天里，王东斩获了一百多万元的利润，一夜暴富。

听说王东能搞到香烟指标，有客户慕名而来。他们是江苏宜兴某乡镇供销社的人，想通过王东搞到香烟。为表示诚意，他们还预付了十万元定金。过了六七天，这家供销社的负责人又亲自上门，和王东所在的办事处谈成了一笔价值五百多万元的业务，并很快将五百二十四万元的货款打到了办事处的账户上。

可是，王东压根儿就没有香烟指标，他的香烟都是通过“杨婆娘”这条线弄的。在与宜兴客户签订合同时，他假借办事处名义，伪造了一张“烟草批发计划”，并私刻了公章。他满以为自己这次又能赚个钵满盆盈，可就在这时，办事处里来了几名不速之客，称是石家庄检察院的，说前面王东发给石家庄的香烟都是假货，并把办事处账户上的九百万元资金全部冻结（其中包括宜兴货款五百多万元及王东自己的二百多万元）、转走。

这时，“杨婆娘”却突然“蒸发”了。预付了货款的买家纷纷上门追要货款。

接到群众报警后，宜兴警方迅速展开侦查。在此期间，王东畏罪潜逃。1998 年，王东被宜兴警方上网追逃。

十三年来，宜兴警方始终没有放弃对王东的追捕。然而，由于种种原因，嫌疑人没能归案。

2011 年 5 月，全国公安机关开展“清网行动”后，宜兴警方再次把追捕王东纳入了重要议事日程。经侦大队追逃民警先后三次前往云南，围绕王东的关系人开展线索排摸工作。

追逃民警通过与王东户籍所在地云南省嵩明县的同行联络，

走访了王某老家嵩明县小街镇的村民。他们一致反映，十多年前，王东被人绑架，打成重伤后失踪，现在极有可能已经不在人世了。

这样的消息反馈回来，让人不免有些沮丧。

“活要见人，死要见尸！”9月上旬，宜兴市公安局经侦大队于重阳、许奇峰再次赴云南省嵩明县开展追逃工作。

面对来自江苏宜兴的经侦民警，王东的前妻唉声叹气，称两人关系一直不好，并出具了2002年与前夫签订的离婚协议书及离婚证书等。同时透露，大概在1999年，前夫被人绑架，打成重伤，奄奄一息地躺在医院里。她曾上门去探望过，可没想到那天早上，她刚到医院，突然从外面冲进来一个小男孩，亲昵地叫躺在病床上的前夫“爸爸”，又叫门口一年轻女子“妈妈”。这犹如当头一棒，让她彻底心灰意冷，再也没和前夫联系过。

到了2002年，她聘请律师打官司，和前夫办了离婚手续。当时，她是通过律师千方百计地找到前夫，才签了离婚协议的，可是当年那位律师早就移民澳大利亚了，也就没有人知道前夫的下落了。

当民警询问是否认识那对母子时，王东的前妻摇了摇头，说自己不认识对方，只记得那天前夫叫她“小芬”，看上去年龄要比前夫小很多。

线索突然中断了。眼瞅着时间一天天过去，案件侦查工作却丝毫没有进展。王东前妻提供的信息是否可信？时隔这么多年，嫌疑人会不会病故了？案件侦查工作疑云重重。于重阳等人决定先返回宜兴，等待合适的时机。

10月中旬，转机出现。昆明警方提供了一条线索：王东目前有可能居住在昆明市盘龙区菠萝村。不久前，有人看到王东的现任妻子在附近的广场上卖早点——云南当地的特色小吃“粑粑”。到了晚上，两个人常来跳广场舞。

10月25日，于重阳、许奇峰再次踏上了追逃的征途。

当天下午，他们飞抵昆明，随即和当地警方取得联系，紧锣密鼓地展开工作。当晚，他们匆匆赶到了昆明市盘龙区菠萝村广场，试图在跳广场舞的人流中寻找嫌疑人。

时过境迁，嫌疑人的年龄、相貌会发生变化，仅仅凭着一张十多年前的身份照片比对、查找，无疑是大海捞针。绝不能放过任何一个疑点！于重阳等人一头扎进了广场，在拥挤的跳舞人群中，努力搜寻嫌疑人。无奈，当晚一无所获。第二天凌晨五时许，天还没透亮，他们又赶到了广场上。只见广场上已摆了十多个早点摊位。除去两名男性和两个卖地瓜的女子，剩下的六七名妇女都是卖“粑粑”的。他们又从年龄角度甄别、筛选出三个人，重点关注。经过又一轮淘汰，发现了一名四十多岁的女子，无论是年龄还是相貌特征，都与王东前妻所说的“小芬”比较接近。

于是，于重阳等人假装游客，在附近的商店门口闲逛。看似漫不经心，其实他们始终警觉地盯着女子的一举一动。

到了中午时分，那名女子收了摊，骑上三轮车，晃晃悠悠地走了。

追逃民警立刻分头追踪。女子在前面骑车，便衣民警则在后面一路小跑，紧紧咬住不放。而这一跑，居然跑出了几公里路。终于，三轮车在一个农贸市场附近停了下来。女子拐进了紧挨着路边公厕的一间小屋。追逃民警跟着走近这间临街的小屋，近距离观察，发现屋里有一名六十来岁的男子，与嫌疑人王东的体貌特征较为相似！

很快，闻讯赶来的当地公安同行以例行检查的名义敲开了这户人家的门。只见，眼前的这名嫌疑男子的眼珠是凸出的，这一显著的面部特征让宜兴追逃民警的心中一阵狂喜。没错，就是他！

“你叫什么名字？身份证呢？”民警问。

“我叫高栋。身份证丢了。”男子似乎很坦然。为了证实他的身份，那名女子特意拿来了放在桌子上的病历卡。病历卡厚厚的，患者姓名写的是“高栋”。

可当于重阳等人亮明宜兴警察身份后，这名男子的眼神显得慌张起来。些许的沉默后，他开了口：“没想到，这么多年过去了，你们还是找上门来了。”

原来，十多年前，王东千方百计地找到了“杨婆娘”，逼她退回卖假烟的货款，否则就要去告发她。可没想到，“杨婆娘”假意答应，暗地里却欲杀人灭口。1999 年 1 月，“杨婆娘”与丈夫晏某密谋，找人绑架了王东，把他打成了重伤。

一个星期后，奄奄一息的王东被当地警方解救了出来，被鉴定为脑震荡，定为七级伤残，在医院治疗了三个月，才捡回了命。在医院的日子里，一直陪伴在王东身边的是小芬。小芬曾为他生过一个私生女（王东前妻提供的信息有误）。

债务累累的他把昆明的一套房子卖了付医药费。死里逃生的他落下了终身残疾，生活不能自理。为了逃避警方的追捕，他和小芬东躲西藏，患上了高血压、心脏病、腰椎间盘突出等毛病，曾两次上吊自杀，都被小芬及时救下了。

他告诉民警，逃亡十多年来，他生不如死，现在被抓住了，反而解脱了。

博 弈

2011 年 9 月 17 日上午，山西省霍州市客运站。

下起了暴雨。拥挤的候车大厅内外，旅客行色匆匆。有人提着行李一路狂奔着赶车，有人满身是水地等着检票……可眼前这两名男子却有些奇怪：别人都是忙着进站坐车，他们却不慌不忙地，似乎并不急着赶路。

过了一会儿，雨势减弱下来。两名男子从客运站里出来，钻到了一旁的小巷里。

这时，一名年轻男子的身影从眼前一闪而过。两名男子迅速交换了一下眼神，随即一路尾随，跟着进了一家旅店。

“你叫什么名字?”他们堵住年轻男子问。

“老板不在，我……我是住店的呀！哦，我的名字，叫杨杰。”年轻男子见来者不善，显得有些慌张。

“哪里人?”对方咄咄逼人。

“云南。”

没错，就是他！虽然脸上的痣没了，但是那个眼神，对，就是那个眼神，如出一辙！“杨老五！我们是江苏省宜兴市公安局民警。”其中一名中年男子掏出了警官证，声音忽地拔高了。

原来，这名年轻男子是一名网上逃犯，涉嫌在江苏宜兴交通肇事致人死亡后逃逸。

2010年11月30日深夜，家住宜兴市新建镇的老夏像往常一样，骑着电动自行车从单位下班，却没料到，一场灾难悄悄降临。刚走出工厂大门没几步路，他被一辆飞驰而来的摩托车撞倒在地，昏了过去。摩托车上的两名驾乘人员也重重地摔在地上。这时，恰巧有几名夜班工人下班后途经此地，就围了上来。有热心的路人拿起手机，报了警。

接到报警，接处警民警迅速赶到现场，发现现场只剩下两辆破损的车子及奄奄一息的老夏，肇事者早已不知去向。老夏被民警送往医院抢救，终因伤势过重，不治身亡。

案情重大！宜兴市公安局交巡警大队连夜成立专案组展开侦查，很快便摸排到了一条线索：当晚，一名叫阿易的年轻女子曾到医院做过外伤诊疗。女子操着外地口音，体态特征等和目击证人的描述比较接近。

种种迹象表明，该女子极有可能就是肇事摩托车上的乘员。12月3日，专案组民警找到了请假休息在家的阿易。她承认自己是肇事摩托车上的乘员。可问到肇事的驾驶员是谁，阿易却一问三不知！咦，这是怎么回事？

原来，案发当晚，阿易和同事一起与老乡K歌、吃夜宵。结束后，同事让云南老乡用摩托车送她回工厂。没想到，行驶到半路，出了车祸。

民警顺藤摸瓜，找到了阿易的同事，得知肇事驾驶员外号叫“杨老五”，在宜兴打工，案发后不知去向。警方将杨老五上网追逃，同时向其户籍所在地公安机关发出协查函，请求协助布控。

2011年9月，经过信息研判工作，专案组发现，网上逃犯杨老五在山西临汾。9月14日，追逃小组抵达临汾，在当地同行的配合下展开抓捕工作。

根据前期掌握的情况，嫌犯杨老五当时可能投奔其兄长，藏身于大山深处的某个村落。抓捕小组决定借着夜色兵分两路，先头部队先期摸进，后续部队控制外围，一张搜捕大网悄悄张开。

9 月 15 日，当晚的气温很低，又接连下雨，道路十分泥泞。漆黑的山村里格外静谧，偶尔能听到山沟里传来几声狗叫。借着汽车的灯光，抓捕队员沿着崎岖、泥泞的山路一步步地靠近目标区域。

可就在这时，因路况恶劣，发生了意外。“车子滑到山沟里了。”“啊？”一盆冷水劈头浇下。“兄弟们怎么样？”“还好，不过车子坏了。”只见百米悬崖处，先遣小组的汽车半个车身已悬在空中，真是惊险一刻！

虽然危险重重，但搜捕工作并没有停止，队员们沿着山路继续搜寻。山沟连着山沟，小路接着小路，地图上看似只有十公里的路，足足绕了七十公里。队员们的鞋子上、裤子上都糊满了泥巴，可是没有人叫苦叫累。队员们困了，就在车上打个盹儿；饿了，就用水和面包充饥。又一天过去了。可是，嫌疑人在哪里？唯见大山莽莽，无边无际。

这时，有群众反映，杨老五的哥哥离开山西临汾，去了重庆。难道杨老五也溜了？

追捕小组立刻调集警力，针对车站、码头进行布控。17 日上午，警方获悉，杨老五出现在霍州市客运站。事不宜迟！追逃小组立刻赶往霍州市客运站，只见周围十几家小旅馆、纵横交错的小巷，哪里是犯罪嫌疑人的藏身之处？追捕小组决定兵分几路，地毯式搜查嫌疑人下落。

经过一番搜寻，追逃民警的眼前出现了一个熟悉的身影，于是便出现了本文开头的一幕。

事后，嫌疑人杨老五告诉追逃民警，事故发生后，因害怕承担法律责任及赔偿，他逃离了宜兴。他先到了上海的老乡处避风头，后来又到山西投奔兄长，在工地上找了一份临时的工作，逢年过节也不敢回家，平时就住在工棚或涵洞里。因和这家旅馆的老板比较熟，他就将衣物寄存于此。随着全国上下如火如荼地开展清网追逃行动，杨老五感觉身边危机四伏，正打算收拾行李逃往吕梁地区的深山里，没想到宜兴警察还是快了一步。

“平安夜”惊天大盗

2008年12月24日，平安夜。

是夜二十二时许，听到自家果园里的狗一阵狂吠，宜兴芳桥某村村民老张忙披衣推门。莫非外面有什么情况？只见，离果园不远的鱼塘边，有暗红色的光亮在由东向西移动。老张刚想看个究竟，那光亮却在一家水泥厂的围墙边消失了。

这一天正值“月缺”，星月暗淡，黑漆漆的农田显得格外空旷寂寥。老张朝着围墙方向盯了一会儿，未见再有动静。“看来是我老眼昏花了！”老张嘀咕着，咳了几声，返身回屋。

无独有偶，隔壁鱼塘看棚的王老伯也听到一阵狗叫声，但很快便安静下来。应该不是偷鱼贼……王老伯这么想着，放下心来。

此刻，鱼塘那侧的水泥厂墙角处，出现了三个黑影，鬼鬼祟祟。听到狗叫声，还有人的咳嗽声，他们立刻趴在地上，不再作声。几分钟后，四周恢复了沉寂。一个人探头四下张望，慢慢蹲下身子，另两个人就势踩着他的脊背，爬上了围墙，又反身将他拉了上去。三个人紧贴着屋顶，摸到了二楼的一个窗台外，用工具破开了防盗窗的栅栏。其中一人顺势从洞开的窗户钻进屋子，将亮着红色小灯的报警装置扯下，迅速反身退出。三道黑影一起下了围墙，躲进了附近的菜地。过了半晌，见院子里没有动静，他们才放心大胆地重新翻上了二楼。

幽暗的光影中，墙上映出三张午夜幽灵般的脸，焦躁、不安。黑影摸到墙角的保险箱，迅速将其放倒，三下五除二，柜门被撬开了。

就在开门的瞬间，这三个人惊呆了！只见一米多高、五十厘米宽的保险箱里，塞满了成捆的百元大钞，足有好几百万！

三个人一下子呆在那里，你看看我，我看看你。

“我们少拿点儿吧……”其中一个人自语道。

“搞都搞了，全部拿走！”另两个人缓过神来，异口同声地说。

三个人手忙脚乱地将钱悉数装进一只编织袋，很快消失在茫茫夜色中。

第二天中午十一时三十分许，芳桥镇某水泥厂会计像往常一样来上班。她打开总经理办公室的门，发现里面一片狼藉：防盗窗已被撬开；边柜上的红酒洒了一地；绿色的保险箱敞开着，里面的三百二十多万元现金被洗劫一空。这可是公司年底用来支付原材料款和工人工资的啊！邹某惊慌失措地拨打“110”报警……

该案涉案金额巨大，创下了新中国成立以来江苏省现金盗窃个案之最！各级领导高度重视。江苏省公安厅、无锡市公安局的领导亲临案发现场，下达指令，不惜一切代价，尽快破案。江苏省公安厅刑侦局的领导坐镇宜兴，统一组织各级刑侦部门，抽调经验丰富的技侦民警，成立“12·25”特大盗窃案专案组，全面展开侦查工作。公安部特邀刑侦专家前来宜兴现场指导案件侦查工作。

由于案件发生在午夜，工人们都下班回家了，没有目击证人，调查取证工作困难重重。

专案组通过反复勘查现场、提取遗留痕迹及大量走访群众，对犯罪嫌疑人进行了初步“画像”：系多人流窜作案，具备专业撬盗技能，反侦查意识强。

专案组决定按图索骥，全面梳理和排查与该公司业主关系密切的人员，并对企业周边的单位工作人员、村民等进行走访，以求发现可疑线索。同时，专案组部署了清查行动，严格实施多项盘查、堵截工作。另外，专案组向各地公安机关发出“12·25”特大盗窃案协查通报，借助媒体公开悬赏，发动群众提供线索。

一时间，形形色色的信息纷至沓来。但是，经过专案组严谨细致的排查、核实，“线索”一次次被排除。

某日，一名男子从外地打来电话，称自己刚从无锡返回家乡，知道“12·25”特大盗窃案的一些线索，希望拿到十万元的悬赏金。

绝不能放过任何线索！专案组立即派出两名侦查员前往某地与该男子会面。经甄别，该神秘男子所提供的信息纯属道听途说。

时间一天天过去，年关越来越近。案件一天不破，犯罪嫌疑人就多一天逍遥法外，就会对社会多造成一些危害！

在江苏省公安厅的统一组织协调下，2008年12月30日，在宜兴召开了由南京、无锡、常州、苏州等沿江八市公安机关刑侦部门和常州市武进区公安局参加的专案会议，统一部署串并案件侦查工作；2009年1月5日，江苏省公安厅组织苏南五市开展集中清查行动，策应案件侦查工作；2009年1月16日，江苏省公安厅组织有关信息分析专家来宜兴调研，综合分析现场勘查、走访情况，决定将串并、梳理同类型案件作为突破口，全力攻坚。

专案组深入梳理、分析了2008年以来无锡及周边地区的撬盗保险箱案件及涉案人员，对全国十三个省、五十九个县（市）的高危人群进行全面网罗、筛查，初步判定为贵州籍重点高危地域的人群。同时，专案组派出侦查员到南通、镇江、苏州、常州等地，对案发前后查获的撬盗保险箱犯罪团伙成员进行提审。通过对作案手法的甄别、梳理，一步步缩小侦查范围，最终将目标锁定在贵州省黔东南州。

2009 年 1 月 14 日，专案组派出精干警力赴贵州开展工作。随后，专案组又从江苏省公安厅、无锡市公安局、宜兴市公安局分三批抽调了二十余名技侦民警赴黔增援。

在苏、黔两地警方的共同努力下，很快，三名犯罪嫌疑人浮出水面。

2009 年 1 月 24 日，小年夜。贵州省黄平县谷陇镇。

几辆汽车风尘仆仆地行驶在崇山峻岭间。暗褐色的车窗玻璃后面，是一张张疲倦的脸。看模样，他们不是本地人，也不像是走亲访友的。可是，按照中华民族的传统习俗，人人都应该回家去过年！即便是外出打工的，也会千方百计地赶回家，谁愿意在异乡过年？除非是万不得已。

看到这里，读者可能已猜出这些人的身份了。是的，他们是“12·25”特大撬盗保险箱案专案组的刑警们。

就在几天前，即 2009 年 1 月 19 日，在江苏省公安厅的组织和领导下，在贵州警方的大力协助下，“12·25”特大盗窃案涉案人员雷生福（男，三十岁，苗族，贵州省黄平县人，小学一年级文化。因盗窃而多次被判刑，有吸毒史）落网。22 日晚十时许，犯罪嫌疑人杨跃帮（男，三十七岁，苗族，贵州省黄平县人，初中文化）也没逃脱专案组的“如来神掌”。紧接着，犯罪嫌疑人杨昌骞（男，三十七岁，苗族，贵州省黄平县人，高中文化。因盗窃而多次被判刑）也随之浮出水面。

通过侦查，警方发现，犯罪嫌疑人杨昌骞回到贵州老家后，悄悄藏匿在山上。苗寨地形复杂，村民都沾亲沾故，如果贸然行事，一旦走漏风声，让其逃脱，追捕工作就难上加难了。经过一番周密的分析，专案组决定“请君入瓮”。

太阳快下山了，还是不见犯罪嫌疑人杨昌骞的影子。

天色渐渐暗淡下来，肚子不争气地“咕噜咕噜”叫起来。大伙儿都是早上出门前扒了几口稀饭，可谁也没说要下车吃东西。要知道，在这苗家小镇上张嘴说话，就等于把身份给暴露了，可不能功亏一篑！

莫非狡诈多疑的对手嗅出了什么？

街道上的灯一盏盏地亮了起来。在寥落的街市上，出现了一名男子的身影。他左顾右盼地搭上了一辆面包车。侦查员们立即把他与印在脑海里、千百遍回放的照片进行对比。没错，就是他——杨昌骞！大伙儿几乎是同时一拥而上，将其按倒在地。

至此，该犯罪团伙的三名成员全部落网。

跟进门的陌生男子

2012年5月10日晚九时许，彭先生从安徽出差回宜兴，把车停在宜城街道龙潭新村的自家楼下，然后拎着行李上了三楼。许是归家心切，彭先生没有注意到身后的变化。

他打开防盗门，正要一脚踏进去时，却听到身后一阵急促的脚步声。彭先生连忙回头，借着昏暗的楼道灯，只见一名陌生男子凶神恶煞般闯了进来。见来者不善，彭先生慌忙关门，却被那男子一把推进了屋。男子不由分说，掏出一把匕首朝彭先生身上猛扎过去。生死关头，彭先生忍着剧痛，一边大声呼叫家人报警，一边与男子展开了殊死搏斗。

听到客厅里巨大的声响，彭先生的家人以为家里来了小偷，一边在阳台上大声呼救，一边拨打“110”电话报警。歹徒见势不妙，一脚踹开了卧室门，用刀劫持了彭先生的女儿。彭先生和他的妻子抱着两岁的外孙女趁乱逃脱。

接到宜兴市公安局“110指挥中心”的指令后，城南派出所接处警民警迅速出警。他们赶到现场时，不由得倒吸了一口凉气。只见客厅地板上血迹斑斑，一名歹徒正劫持女性人质站在房门口。见到警察，歹徒歇斯底里地吼道："你们不要进来，不然杀了她！"

劫持！敏感的字眼刺激着神经，把心一下子提到了嗓子眼儿。为了避免歹徒情绪激动、人质发生意外，接处警民警先行撤了出来。案情上报后，宜兴市公安局迅速启动突发事件应急处置机制，封锁现场，疏散群众，一场解救人质的"生死时速"就此上演。

时间一分一秒地过去了，屋子里的气氛越来越紧张。"我需要十万元赎金，二十分钟内送到！"在客厅的一侧，壮实的歹徒倚墙而站，左手锁喉，右手用尖刀抵颈挟持人质。歹徒不时地抬头看墙上的钟，警惕地环顾四周，喘着粗气。

"兄弟，天这么晚了，一下子要筹到这么多钱，不太容易。"在歹徒的对面，警方谈判专家周俊峰正努力和他沟通，以稳住其情绪。

客厅大门口有玄关，正好挡住了歹徒的视线，这显然让他感到了某种不安："二十分钟内赎金必须送到，否则撕票。"

与此同时，门外过道上，处理突发事件临时指挥部的民警正在紧张地工作着。宜兴市副市长、公安局局长周军第一时间赶赴现场，调集诸警种成立谈判组、武力处置组、警戒组、后勤保障组，迅速展开工作。周军要求，务必在确保人质绝对安全的前提下，尽快制伏歹徒，解救人质。

经过侦查，警方掌握了屋子里歹徒及人质的具体方位及屋内布局等情况。他们一方面积极筹集赎金，并让经验丰富的谈判专家与歹徒周旋，寻找时机制伏歹徒；一方面组织刑侦、特警进行实地勘查，精心制订武力解救方案。为确保计划万无一失，一组队员占领了附近楼宇上的制高点，密切关注屋内的动态，适时出击；另一组队员则准备借向歹徒送赎金之机，进行强攻。同时，消防队员、"120 急救中心"的医护人员、交巡警大队的民警在现场待命，以防万一。

“还有十三分钟！钱什么时候到?”歹徒盯着墙上的钟，语气急切、不安。

“不要急嘛，钱不是问题，准备好了就马上送来。”为了寻找时机，周俊峰掏出香烟，递上一支，试探性地往前挪了挪，“兄弟，抽支烟吧。”对方谨慎地伸出左手，右手警惕地将匕首压在人质的脖子上。

周俊峰又拿出打火机，暗暗度计，见机行事。

“你扔过来，人向后退！”显然，对手察觉到了周俊峰的意图。

“好，你不要激动。”为避免激怒对方，周俊峰配合着把打火机扔了过去，然后依旧有一搭无一搭地和歹徒闲聊。这是为了分散其注意力，为后方指挥部争取宝贵时间，调集、布置突击警力。

此刻，在他的身后，刑警王虎正密切地关注着变化，以随时报告指挥员，并将后方的部署、计划及时传递给周俊峰。

“还有五分钟！”随着时间的悄悄流逝，歹徒变得焦躁不安，豆大的汗珠从他的额头上渗了出来。显然，歹徒的体力快到临界点了。

紧张很容易使嫌疑人情绪失控，而女性人质也易产生情绪波动，导致事态的恶化。时间拖得越久，对人质就越不利。怎么办?一定要抓住这最后的机会！可是，歹徒手里的匕首始终没离开过人质的咽喉，只有让他先动起来，才有机会制伏他。这么想着，周俊峰心生一计。他对歹徒说：“兄弟，要喝水吗?”

可是，这一次，歹徒分明有了戒备。“不用，我自己来。”说完，他拿了杯子，到热水器旁取水。

许是精神上有了松懈，这时，歹徒无意间将匕首脱离了人质的脖子。说时迟，那时快，周俊峰敏锐地捕捉到了这个稍纵即逝的机会，扑了上去。

歹徒意识到有问题，手忙脚乱地想补救，却为时已晚。哐当！他手中的匕首被周俊峰赤手夺下，扔到了一旁。与此同时，听到声响，现场指挥长周军迅速带领刑警冲进来，七八个人一拥而上，将歹徒死死地摁在地上。人质被安全解救！

事后，被劫持的人质彭小姐说，她在看到警察的那一刻，心里一下子就踏实了，她知道自己一定能获救！

谁在说假话[1]

2012年1月1日下午，位于宜兴市和桥镇永兴村的一处废弃养鸡场里，有村民无意间发现一具尸体倚靠在残墙上，头上罩着竹篮，身上搭着破布。

接到群众报警后，宜兴警方迅速成立了专案组。从刑侦大队、和桥派出所抽调的数十名民警，冒着零下二三摄氏度的严寒，奋战在案发现场。经勘查，死者是一名女性，三十七八岁，黄发齐肩，左手虎口处有“麻将五筒”文身，佩戴着项链、戒指等金首饰，颈部有瘀血。很快，法医经解剖尸体得出结论，该女子系扼喉窒息死亡，死亡时间约在五六天前。

她是谁？因何被害？是情杀、仇杀，还是图财害命？一连串的疑问摆在专案组面前。专案组组织五十余名民警全力围绕现场附近的村庄展开地毯式排查，寻找目击证人及案发时间段离开或失踪的人员。1月2日早晨，案情有了突破性进展。有人反映，距现场五百米的某纺织厂有一名安徽籍女工失踪多日。厂里曾联

---

① 原载于2012年1月19日《人民公安报》。

系过她的丈夫王某，对方称不知道她去哪里了。通过辨认女尸照片及左手文身，王某和同事一致认定被害人系小兰。

据同事反映，小兰平时住在厂里的女工宿舍。12 月 25 日晚上，其丈夫曾来找过她。当晚，小兰一夜未归，就此失踪。

小兰的丈夫王某称，那天晚上他和小兰确实见过面。他问小兰要了二百元钱和一些药。小兰说身体不舒服，他就让她早点儿休息，随后便去澡堂洗澡去了。回家后，睡到半夜，他打小兰的手机，已关机，之后就再也没联系上。27 日，小兰的同事说小兰两天没上班了，他就到厂里找她，还到医院去找，都没找到。

有知情人反映，死者生前与同车间的四川籍工友柯某、朱某关系暧昧。

面对警方的询问，柯某坦言，他和小兰保持暧昧关系已半年多，只是最近小兰和他疏远了。2011 年 12 月 25 日那天，他和小兰通过电话后去上夜班，因身体不舒服，凌晨两点多钟便回宿舍休息了。第二天早上，他去街上买早点，回来后和工友们在宿舍里打牌。同宿舍的工友证明，早上六点多钟醒来时，确实看到柯某在宿舍里。

朱某则称，他和小兰只是好朋友，没有男女关系。12 月 25 日那天，小兰告诉他，她去医院配了二百多元钱的药，还说柯某缠着她，当晚要和她发生关系。小兰说，如果她不答应，柯某就要把两个人的关系讲出去。朱某劝小兰不要怕柯某，两个人在一起聊了两个多小时。

一时间，案情扑朔迷离。锁定小兰被害时间和生前的活动轨迹成为当务之急。经过大量的调查走访，专案组民警从该镇的一家旅馆摸排到一条线索：12 月 25 日晚，朱某曾和小兰来开房。两个人第二天早上七点多钟退了房。

警方发现，两个人退房后半个小时，朱某独自进了工厂上班。警方进行实地模拟，根据旅馆到工厂、工厂到案发地的距离，以及作案时间，结合作案动机，基本上排除了朱某作案的可能。

看来，小兰从旅馆出来后，一定是遇到了某个人，才导致她死于非命！专案组做了大胆的假设：柯某会不会在12月26日早上外出时和小兰不期而遇，因争风吃醋而杀人？

细心的侦查员发现，柯某脖子上有一道勒痕。同时，通过走访得知，几天前，柯某曾向厂里提出要结算工资回老家，还把自己的电瓶车以四百元的低价卖了。

面对警方的询问，柯某称12月28日那天，因两天找不到小兰，认为她死了，自己也不想活了。孰料上吊自杀时绳子断了，没死成。

小兰仅仅失踪了两天，就断定其已死并殉情自杀——柯某的嫌疑越来越大。专案组决定，重点围绕柯某展开破案攻坚。1月2日傍晚，在各种证据面前无法自圆其说的柯某，终于低下头，承认是自己掐死了小兰。

柯某今年四十三岁，四川德阳人。2011年2月，他来宜兴打工，不久便和女工友小兰发生了关系。到了11月份，他发现小兰对自己疏远了，和与自己同宿舍的工友朱某却异常热火。

12月25日下午，柯某打电话约小兰出来，小兰推说身体不好，拒绝了。谁知挂了电话，一转身，柯某却看到朱某煲起了“电话粥”，并故意回避自己。他感觉不对劲，便又拨打小兰的手机，结果一直占线，反复拨打了半个小时才打通。小兰称自己刚才在和妹妹通电话。

这让柯某很恼火，就威胁她说，要把两个人的事情说出来。两个人在电话里吵了起来。柯某想，小兰一定是有朱某撑腰，很生气。当晚上夜班时，柯某发现小兰和朱某都不在宿舍，心情越发郁闷。凌晨二时三十分左右，柯某提前下班回宿舍睡觉。早上六时三十分许，他发现朱某还没回宿舍，就骑车出门找，看到小兰坐了一辆三轮车回来，就拦住了她。小兰解释说，自己到丈夫那里去了。

柯某追问小兰昨晚是不是和朱某一起过夜，小兰自然是不承认。两个人一边走，一边争执。后来，柯某说了很多好话。小兰态度缓和下来，跟着他一边聊，一边走，到了废弃的养鸡场。在那里，柯某又追问小兰和朱某的关系。在激愤状态下，柯某伸手掐住小兰的喉咙，直到她口吐白沫才松开。柯某怕被人发现，从废墟里找来了竹篮、破布罩在尸体上。

12 月 28 日早上，柯某想，自己杀了人，迟早要死，还不如自杀，便把电瓶车廉价卖掉，写下“我爱你，小兰！你在哪里？我来找你……”的字条，跑到工厂的锅炉房里上吊。没想到，他醒来后发现绳子断了，自己躺在地上。

就在他准备逃回四川老家时，宜兴刑警找上门来。

凌晨失踪的卖菜老太[1]

11月初的江南，秋高气爽，正是水稻收割的时节。

这一天，宜兴市丁蜀镇浦南村一位村民到农田里收稻，发现有一块两三米见方的稻谷倒伏，地里还有一双军绿色解放鞋及几捆散落的蔬菜。他觉得有些蹊跷，便和邻居聊起这事。说者无心，听着有意。邻居正好听说村上的卖菜老太阿娣当日“失踪”了，便让其家人去看看。结果，不仅发现鞋子是阿娣老太的，还在稻田里找到了一条老太平时用的毛巾。

阿娣老太的儿子感到事情不妙，怕母亲出事，便赶到大浦派出所报警，称母亲阿娣平时卖菜都是凌晨出门，中午前回家吃饭，可现在都傍晚了，还没回来。

对于这一反常现象，宜兴警方高度重视。经过细致、周密的勘查取证，警方分析后作出推断，阿娣老太很有可能遭遇到了不测，性命堪忧。

活要见人，死要见尸！不管怎么说，都要“做最坏的打算，

---

[1] 原载于2011年第10期《江苏警方》杂志。

尽最大的努力，寄最好的希望”。宜兴警方迅速调集数十名精干警力，以案发现场为中心，由近及远地进行地毯式搜寻。

在离稻田不远的施荡河上有座双庙桥。建桥的年代有些久远，桥的南侧扶栏有几处已陈旧性断裂。一名刑警在扶栏的断裂处发现了一处新鲜的剐蹭痕迹。结合阿娣老太卖菜以三轮车为交通工具这一特点，警方作出了大胆的推测。假设阿娣老太已遇不测，那么，凶手处理尸体、抛尸的地点会不会就是这里？警方随即组织人员进行打捞。经过一番艰难的搜寻工作，陆陆续续在河道里打捞起了三轮车及剪刀等物品。经家属确认，这些物品系阿娣老太卖菜用的交通工具及物品。

天色渐渐暗淡下来，打捞工作不得不告一段落。第二天清晨，天蒙蒙亮，打捞工作又紧张地开始了，并很快有了重大突破——一具女尸被打捞了出来。只见尸体反绑着双手，上身套在一个蓝色的编织袋（上面有“唯佳饲料6号”字样）里，下身裸露蜷曲，装在一个无纺布袋里。经家属辨认，确系失踪的阿娣老太。

法医尸检的结果显示，死者生前曾遭遇性侵，系颈部遭受扼压后窒息，溺水而亡。犯罪分子作案手段恶劣，令人发指。

专案组随即以现场为中心，对周边的企业及外来人员暂住地等进行地毯式排查。重点排查案发时间段后行为异常的人员，并且围绕相关物证追查源头。与此同时，警方广泛发动群众提供线索，奖励举报和提供重大线索的人员。

据死者的子女反映，母亲生前节俭，以卖菜为生，生活中也没有和谁有私人恩怨。去年，父亲遭遇车祸不幸去世后，获赔五十多万元，除去医药费等开支，还剩下二十余万元，母亲与他们几个子女进行了财产分割。通过调查走访获悉，死者生前从不佩戴金银首饰，没有手机等贵重物品，身边也没有关系密切的异性。根据种种迹象进行分析，警方基本排除了图财害命或情杀的可能。

一位在附近打工的女子向警方提供线索，称案发当日凌晨四时三十分许，她去上班，路过稻田附近时，听见有女人说话的声音。因为四周黑漆漆的，她不敢停下来。

通过走访，刑警在案发现场附近的一家小超市里找到了一批环保袋，与装尸体的无纺布袋系同一型号。据店家回忆，这批袋子一共进了二十个，还剩下六个。

专案组根据特征对犯罪嫌疑人进行了画像：嫌疑人极有可能就住在案发地附近，单身或独居。

这时，一名外地来宜兴打工的男子进入了警方的视线——

邵某，四十三岁，江西都昌人，8月来宜兴某企业打工。他嗜赌成性，经常和人搓麻将，很少去厂里上班。

案发当日上午，邵某突然说母亲生病了，要赶回老家探望，想问厂里借两千元钱，结果厂里只借给他三百元钱。他拿到钱，急匆匆地走了。

警方通过走访邵某在宜兴打工的亲属，得知他的母亲并没有生病。

疑点迅速扩大！专案组警员迅速赶到了嫌疑人的出租屋。这是一间公路边的平房，离案发现场不远。门上的字迹已斑驳，给人一种久无人居的感觉。不过，门口晒衣绳上挂着一件外套，屋子里隐约传来小狗的呜咽声。给人的感觉是：主人刚出门，马上就要归来。

据邻居反映，邵某两天前说回江西老家，把东西变卖一空。

刑警们随即对出租屋里的物品进行了全面勘查。正所谓“踏破铁鞋无觅处，得来全不费工夫”，刑警们很快就从垃圾堆中翻出了一个蓝色蛇皮袋。只见上面赫然写有“唯佳饲料”字样，正是他们苦苦寻觅的“6号”！接着，刑警们在嫌疑人的床下找到了两段绳子，与捆绑尸体的绳子完全吻合。

根据嫌疑人有可能逃窜的方向，专案组迅速部署追逃工作。当日傍晚，两名刑警匆匆踏上了前往江西的追逃之路。与此同时，后方指挥部紧锣密鼓地展开信息研判、案件侦查工作，一条条线索不断地碰撞……

当晚十时许，专案组经过分析，认为邵某目前极有可能躲藏在江西南昌。于是，前方追捕小组连夜直奔南昌。等抵达那里，已经是午夜时分。

第二天一大早，宜兴市公安局副局长卢伟民飞抵江西南昌，与先期抵达的追捕小组成员会合，坐镇指挥针对嫌疑人邵某的抓捕工作。

当地同行给予了极大的支持，立即组织警力在全市各大路口及高速公路出入口等交通要道进行盘查、堵截。这时，一辆由南昌开往九江的大客车进入了警方的视线。警方分析，嫌疑人极有可能乘这趟车从南昌去九江。

随后，警方在高速公路上展开了一场“生死时速”般的围追堵截，追捕队员风驰电掣般地驱车追赶了七八十公里，终于在昌九高速公路艾城路口将该大巴车成功拦截下来。随后，刑警以例行检查的名义对车上的乘客进行盘查。

只见一名四十多岁、穿着咖啡色外套的男子，故意窝着身子，趴在椅子上假寐。这哪里逃得过刑警的“火眼金睛”！

“就是他！”几名刑警一拥而上，将该嫌疑男子牢牢抓住。拉开其衣袖，只见右手臂上赫然两道新鲜的抓痕。

事后，据犯罪嫌疑人邵某交代，他和老婆的关系很紧张。年初，他一个人来宜兴打工。案发前一天晚上，他和老婆在电话里吵了起来。老婆奚落他，说他好吃懒做，叫他去死。放下电话，他心烦意乱，决定出门走走。

凌晨四时许，他见阿娣老太卖菜路过，突然心生邪念，掀翻了老太的三轮车，将她拖到了一旁的稻田里，欲行不轨。后来，他把老太捆绑了，带回自己租的房子。

见天快亮了，他想起老太的三轮车还在路边，怕被人发现，便返回现场，将三轮车扔到了双庙桥下的施荡河中。回到租的房子里之后，他兽性大发，欲对老太实施强暴。在撕扯的过程中，阿娣老太拼命反抗，大呼“救命”。

他怕事情败露，用力扼住了阿娣老太的喉咙，直到其气息全无才放手。事后，他用无纺布环保袋、编织袋包裹了尸体，悄悄用电瓶车驮到河边，抛到了施荡河中。

他的下一步计划是去杀他内侄的儿子——他一直认为是内侄从中作梗，导致他们夫妻反目。他想让其饱尝家破人亡的滋味。

恶之花

2012 年 1 月 10 日，农历腊月十七。这一天，有群众到宜兴市公安局十里牌派出所报警称，从江西来宜兴打工的女子小红失踪了，怀疑是被人绑架了。

临近春节，正是外来务工人员返乡的高潮，一时联系不上本是件寻常事，但本着对群众高度负责的态度，宜兴警方迅速组织警力展开调查走访，发现小红失踪前与一名叫贾虎的男子关系密切。

面对警方的询问，贾虎坦言，他和小红是同居关系。贾虎称，1 月 8 日晚，他曾去给小红送饭，然后去城南收工程款。忙完回来，他发现小红不见了，打电话不接，后来关机了，就回家睡觉去了。睡到半夜醒来，他看到了二十三时左右小红发来的短信："我碰到了我老公，他要把我带走。我们分手吧！如果有缘，我还会来找你的。你把租的房子退掉，把东西拿走。"

9 日上午，贾虎依旧联系不上小红，感觉不对劲，便打电话给小红的姐夫，得知她并没有回江西老家，这才急了。小红的丈夫听说后，也从福建某地赶到了宜兴。

经过十多天的调查走访工作，警方发现了诸多疑点：小红失踪前曾打电话回老家，告诉父亲马上回家过年；小红失踪时，身份证、银行卡等证件及换洗衣服等随身物品都没有带走，这不太符合外来打工者返乡过年的习惯；用小红的手机发给贾虎的短信内容很可疑，会不会是有人出于某种目的故意混淆视听？这一系列的疑点，让人感觉事情并不那么简单。

假设小红遭遇了不测，那么，谁是最大的受益者呢？专案组梳理了海量信息之后发现，8日深夜至9日凌晨，贾虎收到小红的“告别”短信时，正和同事一起开着车在城里转，而并不是如他所说，睡到半夜才看到短信。据知情人反映，贾虎的生活中不乏异性。他会不会为甩掉小红而制造了“失踪”？

三个月前，贾虎怀孕的妻子阿珍发现丈夫外面有人，便上门捉奸。阿珍的弟弟用刀砍伤了贾虎，导致他们夫妻关系进一步恶化。贾虎扬言，等阿珍生完孩子，立马离婚。1月11日，阿珍分娩产子。难道是她为了除掉对手而孤注一掷？

还有一种可能：小红与人公开同居，丈夫孙某咽不下这口气，动了杀念。

当然，也有可能是贾虎和小红合演的一出“苦肉计”，目的是躲避阿珍的“暴力”追踪，并甩掉孙某，达到两人共同生活的目的。

随着调查的深入，警方发现有人用小红的手机在1月9日联系过云南会泽的某人后，循线追踪，对方却称不认识小红。可恰恰是这个看似与案件毫无瓜葛的电话号码，让专案组的刑警像打了鸡血般兴奋——阿珍不正是云南会泽人吗？两者之间会不会存在某种不为人知的交集？通过进一步侦查，警方发现，1月7日，阿珍的表亲、云南会泽籍男子土根从云南到了宜兴，1月9日又匆匆离开了宜兴。这究竟是巧合还是另有隐情？

1月30日，大年初八，春节假期刚过，宜兴警方抓捕小组便直奔云南会泽。在当地警方的配合下，经过数昼夜的侦查，越来越多的疑点集中到了阿珍及土根等人身上。

2 月 9 日二十二时四十分许，江苏宜兴。专案组将有重大作案嫌疑的阿珍的弟弟阿常“请”了进来。经过一番政策攻心，沉默了几分钟，阿常的额头上渗出汗珠来。刑警们知道，对手的心理防线开始崩溃了。很快，阿常如实交代了自己伙同姐姐阿珍，指使他人谋杀小红的事实。

首战告捷的喜讯迅速随着电波传到了云南。2 月 10 日凌晨二时许，追捕小组在云南会泽警方的大力配合下，将犯罪嫌疑人土根成功抓获。随后，两地警方又先后抓获了犯罪嫌疑人阿珍及同伙“小飞”、阿志。自此，该案的五名犯罪嫌疑人全部落网。

2 月 10 日，根据嫌疑人指认，警方在邻县山上的一口废井里，打捞出了小红的尸体。

案件回放——

贾虎，三十岁，贵州六盘水人，在宜兴做生意，喜欢上网聊天。2011 年 10 月，他在网上认识了小红（二十九岁，江西宜春人）。两个人聊得甚欢。没过多久，小红便撇下丈夫，从福建来宜兴找贾虎。

两个人很快便坠入了情网。贾虎替小红租了房子，方便幽会。

可是，贾虎经常半夜三更回家，让生性敏感的妻子阿珍察觉出了异常。10 月底的一天中午，阿珍悄悄跟踪了丈夫两天后，发现了丈夫与小红的秘密住处。

阿珍叫来了贾虎的父亲和兄弟姐妹“抓奸”，还拉来了自己的弟弟、堂妹等亲属助阵。双方纠缠、拉扯，闹得沸沸扬扬。阿珍的弟弟阿常眼见姐姐吃亏，扬言要教训这个不要脸的“狐狸精”，拿刀追砍小红。贾虎见状，挺身替小红挡刀，受了伤。

没想到夫妻矛盾升级到了动刀的地步。贾虎不由得怒火中烧，索性公开带着小红在各种场合出双入对，并重新租了房子，和小红过起了“二人世界”。贾虎甚至向挺着大肚子的阿珍下了最后通牒，说等她生完小孩，两人就离婚！

即将临产，却被一个有夫之妇轻易夺走了丈夫，这让阿珍十分不甘心。

随着时间的推移，肚子一天天地鼓起来，阿珍的脾气也越来越暴躁。她萌生了“鱼死网破”的念头。

这些天，阿常时常上门看望姐姐。见她挺着大肚子，愁眉苦脸、唉声叹气，他心里憋得慌。

一天晚上，阿常又去看望姐姐。阿珍拉着他，关上房门，压低声音问：“你能不能叫老表土根来，把小红干掉？”

阿常看到了姐姐眼神里的寒光，不由得一激灵：“这，估计他没有这么大的胆量吧！”

这一晚，阿常没有多说什么，只是反复思忖着姐姐阿珍的话。是真话，还是一时的气话？但有一点很清楚，姐姐阿珍是真的绝望了。

到了1月3日晚上，阿常接到了阿珍打来的电话：“有没有打电话给土根？”

“还没有。”

“你打电话问他愿不愿意！”电话那端，阿珍的口气显得很坚决。

挂了电话，阿常拨通了土根的手机。电话那端有些嘈杂。阿常问土根：“你在哪里？”土根回答说，在云南会泽老家。然后，他又反问阿常：“有啥事？”

“姐夫在外面养了个小婆娘。姐姐想请你过来处理。”阿常显得有些紧张。

“要多少人？我马上带人过来。”电话那端，土根的嗓门儿有些大，好像喝了酒。这让阿常觉得有些不踏实，他犹豫着说：

“我考虑一下，再打电话给你。”

当晚，阿常赶到姐姐阿珍那里，告诉她，土根正在喝酒，现在说不清。阿珍便说，明天早上再打，那时候刚起床，人清醒。阿常没说什么，转身离开了。

1 月 4 日上午，阿常正在工地上忙碌，接到阿珍打来的电话，嘱咐他抽空联系土根。到了晚上，阿珍又催阿常，阿常便拨通了土根的电话，就好处费等事宜进行了初步商榷。

1 月 5 日晚上，阿常接到土根的电话：“是一条人命的事情，要两万块。”他放下电话，赶到姐姐那里商量。

阿珍想了想说，可以。这时，正好贾虎的父母上门，阿常便找了个借口离开了。

1 月 6 日一大早，阿常接到姐姐阿珍的电话：“赶紧打电话给土根，叫他们早点儿过来，我马上要到医院生小孩了。”

这天中午，阿常当着姐姐阿珍的面拨通了土根的电话：“你过来吧。”

土根说，他没有路费，要求先往他的信用卡上汇一千五百元钱。阿珍安排阿常立刻把钱汇给了土根。

1 月 7 日晚八时许，阿常开车在梅园高速路口接了土根和一个叫“小飞”的年轻人，安排他们住了下来。1 月 8 日上午，三个人密谋如何动手，最后决定到山上挖坑，把小红活埋了。这样神不知鬼不觉，没人会发现尸体。

阿常交给他们一把钥匙——阿珍在贾虎的汽车里发现的可疑钥匙。阿珍曾让阿常跟踪贾虎，并拿着这把钥匙偷偷地打开过他们的房门。阿常让土根事后用小红的手机发一条短信给贾虎，说她跟自己的老公走了，让贾虎死心。

这一天，他们先到小红住的地方踩点，又买了铁锹和锄头，开车到了邻市的一座山边。山上的村落刚拆迁，剩下一片残垣断壁。他们上山挖了一个坑。下山时，他们在废墟边发现了一口井，井口直径有一尺多。几个人将石头扔下去试探，只听得“扑——通”、“扑——通”的回声，井很深。三个人商议，不如直接将人扔到井里。

当晚，阿常用面包车接上土根和小飞，到了小红租住的小区里，发现姐夫贾虎正拎着饭盒进去，便赶紧躲了起来。

过了十几分钟，他们看到贾虎空着手出来了。

这时，阿珍打电话告诉阿常，贾虎去外面结账了，可以动手了。

于是，土根和小飞朝小红租住的房子走去，阿常则等在汽车里。

因为有钥匙，土根和小飞顺利劫持了小红。出门前，土根还随手将小红的手机揣在了口袋里。

回到车上，小红见到阿常，说：“我就知道是你。”又问：“要把我送到哪里去?”

“送你到老家去。”阿常阴险地回答。

“那让我回自己住的地方收拾一下吧！这次回去，就再也不回来了。”小红感觉到了某种不祥，哀求道。

“太晚了。上次就警告过你了！”阿常冰冷的语气里，透着杀气。他扯下小红脖子上的金项链，用胶带封住了她的嘴。

约莫半个小时后，汽车开到了一座黑魆魆的山上。小红顿然明白了自己的处境，拼命地挣扎，可为时已晚，她的双手被牢牢地捆绑住了。

停下车，阿常等人押着小红往山上走。刚走几步，小红突然挣脱了束缚，拔腿就跑。可是，还没跑出几步，就被他们连拉带拽地扔进了废井里。

井下传来一声沉闷的扑通声。过了一会儿，传来噗噗的吐水声。三个人赶紧从地上捡了废砖，一个劲儿地往下砸。砸了一阵，见没动静了，他们便停下来抽烟，可烟还没抽完，又听到井下传来微弱的哼哼声。三个人急忙又往井下砸砖头，直到再没有声音。为了防止尸体被人发现，他们又抱了些枯草、树枝，盖在井口，然后才开车下山。

路上，阿常打电话给阿珍："那个女人搞掉了！把钱送过来，他们立刻走。"阿珍让他们在广汇大桥边等。阿常开车赶到大桥边，发现哥哥阿志已经等在那里了。

第二天上午，阿常把土根和小飞送到车站，然后各奔东西。

成年礼前的“潘多拉魔盒”

十八岁，对于人生来说是美好的花季。十八岁的少年充满了好奇心和求知欲，同时面临着各种诱惑和烦恼……一名十八岁的花季少年却在成年礼的前夜，打开了“潘多拉魔盒”，制造了一起骇人听闻的血案——

2009年9月30日上午十一时许，宜兴市官林镇某小区的一户居民住宅里发生了火灾。消防队员救火时，发现屋内有一具高度炭化的尸体。后经法医鉴定，死者是被利器刺伤致死，系他杀。经核实，死者系高三女生小丽，被害前曾遭性侵。

接到报案后，宜兴市公安局迅速调集刑警赶赴现场，会同先期到达的官林派出所民警，成立“9·30”专案组，有条不紊地开展现场勘验、调查、走访工作。无锡市公安局相关部门的技侦人员也立即赶赴宜兴指导案件侦查工作。

据被害人父母回忆，他们的侄子30日结婚。28日，夫妻俩回乡下帮忙。29日晚上九点多，与女儿通电话时未发现异常。30日早上五点多，打电话叫女儿起床，却没人接，以为去学校了。中午邻居打来电话说，家里着火了。父母急忙赶回，发现已与女儿阴阳相隔。

9月30日晚上七点多，天上飘着蒙蒙细雨。长假即将来临，可刑警们还在挨家挨户地走访小区住户。白天，一些住户不在家，那就等晚上再来找，绝不能错过任何一条线索。此刻，在小区的一间出租屋里，温暖的灯影下，三口之家正围坐在电视机前吃饭。几名神情疲倦的刑警走了进来，向主人询问起案发前后的情况。男主人看到他们衣服湿漉漉的，一问，还没吃晚饭，便立刻邀请他们一起吃，还拿“油馓子”给他们填肚子。刑警们连连摆手，又仔细询问了一些情况，便匆匆赶往下一户居民家了。

连续几个晚上，设在官林派出所的“9·30”专案组指挥部里，灯火通明。刑警们针对白天勘验、取证、走访、调查得来的线索，各抒己见，研判案情。

犯罪嫌疑人和被害人是否熟悉？为何对花季少女下如此毒手？作案后又为何焚尸灭迹？……线索千头万绪、扑朔迷离，等待警方用正义之剑去破解。

有同学反映，29日上完晚自习，看到小丽和隔壁班男生小刚一起骑车回家。在调查走访中，专案民警发现，小刚的手臂上有新鲜的抓痕。他自称是和男同学一起玩时被抓伤的，可同学却否认了这个说法。又有学生反映，小刚的书包里放着一把弹簧刀，刀口锋利。有时候，他会拿出来炫耀两下……越来越多的疑点指向小刚。

在江苏省公安厅物证中心的技术支持下，10月6日，警方锁定了作案工具，就是这把弹簧刀。当晚，专案组将小刚“请”了进来。

面对讯问，小刚先是矢口否认，然后任凭怎么提问，就是一声不吭，保持缄默。

六七个小时过去了，刑警们反反复复地讲法律，讲政策，讲得口干舌燥，几乎要把嘴皮磨破了。眼看着天一点点地亮起来，这时，让人意想不到的转折出现了。小刚告诉办案民警：“送我去看守所，我交代！”

小刚和小丽家租住的房子在同一个小区。高一时，小丽和小刚同班，上完晚自习，两个人便一起骑车回家，渐渐成了习惯。到了高二，两个人选修了不同的课。虽然分了班，但两个人总会在路上有意识地等对方同行。

9月29日晚九点，晚自习结束，两个人一起骑车回家。小丽告诉小刚，家里有亲戚结婚，父母都去帮忙，这两天自己一个人在家，怪冷清的。

进了小区，小刚目送小丽上了楼。回家后，他看到母亲在上网，便进房间做作业去了。过了一会儿，他洗了个澡，然后熄灯睡觉。可他却怎么也睡不着，躺在床上胡思乱想。到了零点左右，他听到母亲关上电脑，回屋睡觉了。他想起小丽今晚独自在家，就想到小丽家去。可怎么才能不被发现？他暗自度计。大概到了一点钟，他估计母亲已经睡着了，就悄悄起床，从衣柜里翻出一件几年前的旧背心，又找了一条又短又小的裤子，揣上弹簧刀，掩门而去。

到了小丽家门口，他犹豫了——理智和心魔斗争了十来分钟。他按下门铃，谎称自己在外面玩，没带钥匙，回不了家了。小丽开了门，让他睡隔壁父母的房间，然后转身回房继续睡。

五分钟后，他拧动了小丽的房门把手。

开门声惊动了小丽。她从床上坐起来，慌忙打开灯：“谁？你干什么？”

怕她大喊大叫，他冲上前去捂住她的嘴，见她挣扎，又用手卡住她的喉咙。小丽昏了过去，小刚便对她实施性侵。小丽醒来后又挣扎。怕事情败露，他掏出弹簧刀，猛扎过去。

殷红的血从小丽身子下面洇染开来。小刚站在小丽的尸体旁，头脑一片混乱。他想起电视剧里的情节，便模仿着毁尸灭迹。他找来易燃物，点燃了尸体。

凌晨两点三十分许，小刚回到家里，上床睡觉。六点多，他和往常一样去上学。

10 月 1 日，小刚的父亲邀请了几位朋友到家里吃饭，替他过十八周岁生日。不喜欢和陌生人说话的他躲进了房间。十时四十分，他在 QQ 空间里写道：今天这个十八岁生日，是有史以来最闹心、最烦闷的生日！

采访手记：

2009 年 10 月 12 日下午，笔者走进宜兴市看守所。随着走廊上传来的沉重脚镣声，门被推开了。首先映入眼帘的是橘黄色囚衣和一张学生气的脸。小刚知道我的来意后，点了点头，平静地讲述他的故事——

他学习成绩不好，在学校里很少有朋友，平时和父母也没有多少机会交流。他喜欢玩网络游戏“CrossFire（穿越火线）”，喜欢看暴力、恐怖、科幻电影。上初中时，他第一次接触“黄片”，便一发而不可收拾。有一次，他把“黄片”拷进 MP4 带到学校去，被老师发现后没收了。他谈过两次恋爱，无性经验。

那天，听说小丽一个人在家，他便有了性幻想和冲动。后来怕暴露，他就把她杀了。作案用的弹簧刀是花 12.5 元在网上买的，平时就放在书包里。他怕被怀疑，第二天照常去了学校。为了转移警方的视线，他在 10 月 2 日的 QQ 空间“暗夜星空”中写道：“愤怒！如果找不到证据就一直盯着我们这些不太了解情况的人，那现在的警察就太让我们失望了！”他自以为天衣无缝地掩盖了一切，却没想到警方找上门来。

尘埃落定。只是谁也无法挽回无辜少女的生命。

这只是个案，却具有应当引起社会普遍重视的“标本”的意义。我们究竟应该给“90 后”、“00 后”的青少年一个怎样的成长环境呢？

随着时代的变迁、社会的变化，“90后”、“00后”青少年面临着多元化的机遇和形形色色的压力与诱惑。他们拥有前所未有的物质财富，未来更加广阔和自由。同时，他们的内心有着上一代人无法认同的孤独感。他们渴望与父母沟通，可是自己上学早出晚归，父母也忙于工作，彼此很少有时间坐下来聊一聊。

如何培养和赋予青少年健全的人格、高尚的道德品质，如何为青少年提供一个健康的成长环境，这是为人父母者、教育工作者乃至全社会的力量应该关心和关注的问题。

伸向果园的神秘黑手

2009年4月1日，西方愚人节。

这天一大早，家住宜兴市徐舍镇的张婶像往常一样，到自家的桃园里施肥、捉虫。这些树移植到地里有两年了，树干从当初的筷子般长到了碗口儿粗。去年开始结果了，那叫一个鲜脆啊！哦，对了，这两天花开得正密，可得好生伺候，往地里跑得勤多了！这不，昨日忙到太阳下山，今早天一透亮，又赶到果园里锄草。图个啥？不就是盼着能有个丰收年嘛！这桃树长势喜人，要比别家的端正，可真没辜负了这心血。张婶这么想着，步子分明轻快了许多。

可当她快到果园时，却不由得愣住了。天哪，这是咋回事？只见一夜之间，果园里的桃树齐刷刷地被人锯断了，树干横倒，花瓣落了一地。她顿时觉得天旋地转。

“挨千刀的！两百多棵桃树全部被人砍了，连去年刚种下的树苗都不放过！”电话里，张婶伤心欲绝地告诉老伴。正在上海打工的张大柱闻听此事，心急如焚，连夜往回赶。

接到张大柱一家报案后，宜兴警方高度重视，立刻组织刑侦大队会同属地鲸塘派出所，成立专案组，进行现场勘查及排查、走访工作，同时对桃树的损失情况进行评估。

“我和老伴这两年花了多少心血啊！治虫、下肥、除草，当自己娃一样照顾。今年的桃正常能卖个万把块钱，可现在，啥都没有了。”张婶蹲在已变成一片废墟的果园里号啕大哭，张大柱则在一旁唉声叹气。

有村民反映，村里的作物经常被人破坏，有好几户的吊瓜、芹菜、韭菜等被人割掉。由于损失不大，也没报案，只是互相猜疑，弄得邻里关系挺紧张。

专案组针对掌握的情况，进行了全面的排查、梳理。被毁坏的桃树有二百三十六棵，总损失达六七万元。一夜之间锯断这么多的桃树，显然需要消耗大量的体力。被锯断的位置都是在嫁接点之下，把桃树彻底毁了，说明犯罪嫌疑人掌握一定的种植、嫁接果树的技术。紧挨着这片地的桃树没有被毁，说明犯罪嫌疑人熟悉种植分布——基本可以确定是熟人作案。

警方将怀疑的范围缩小到村里的几名重点对象，对他们一一进行甄别。案发前后行为反常的，被列为重点怀疑对象。

这时，邻居吴某进入了警方的视线——

村民普遍反映，吴某心胸狭窄，“眼红病”严重，报复心强。吴某平时喜欢凑热闹，但案发当天路过现场时却没有停下来看热闹，很反常。

两年前，吴某因买桃树苗与张大柱发生过纠纷。当时吴某购买了一批桃树苗后，张大柱从同一卖主手中将剩下的桃树苗都买走了，致使吴某想最后压价的目的没有达到。前些日子高铁征地，第一次放线时，经过吴某的桃树地。吴某曾得意地跟张大柱说：“我家桃树地被征用，可以赔到六百元一棵，你跟我种桃树有什么用?”可是，没想到，高铁征地时重新放线，吴某家的桃树地未被征用，张大柱家的桃树地却被征用了。

面对警方的询问，吴某一个劲儿地说自己腿不好，干不了体力活，可专案组经过走访了解到，吴某家里养了好几头猪，家里的重活都是他干。吴某说他右腿受伤了，不能下蹲，不能齐着根锯桃树，而经现场勘查确定的锯桃树位置与右腿跪姿锯树的位置正好相吻合。吴某称自己与张大柱家交往甚密，而实际上，吴某与张大柱虽是邻居，却面和心不和。吴某多次强调，自己在案发当晚与家人睡在楼上，未外出，可经调查发现，吴某当晚独自睡在楼下。

虽然吴某表面上平静，积极配合民警调查，但言辞漏洞百出。当民警将矛盾一一指出时，吴某变得情绪异常激动，一会儿哭爹喊娘，一会儿呼天唤地喊冤，一会儿又坐立不安。

经专业测谎人员测试，吴某关于张大柱家桃树被毁事件的陈述内容虚假成分较多。

就在专案组紧锣密鼓地深入进行案件侦查工作时，“神秘黑手”再次作案——

5 月 9 日，张大柱家的三亩二分地的吊瓜在一夜之间枯萎了，直接经济损失近万元，让他欲哭无泪。

专案组通过现场勘查和走访农业技术人员，初步认定，张大柱家的吊瓜枯萎系“百草枯”类农药所致，常用的有“一把火”、“火烧云”、“百草枯”。

在调查走访中有人反映，前些日子，吴某到镇上购买过“火烧云”。专案组民警在吴某的桃树地里发现了三个“一把火”空瓶和几个“火烧云”空瓶。

由于“百草枯”类的农药“杀青不杀根”，没多久，三亩二分地的吊瓜棵子在张大柱的精心侍候下，渐渐恢复了元气，长出了绿叶。

可就在这时，即 7 月中旬的一天早上，张大柱悲伤地发现，这三亩二分地的吊瓜棵子，竟被人一夜之间全部割断了！

究竟谁是果园里的“神秘黑手”？为什么一而再、再而三地猖狂作案？可不能让犯罪嫌疑人逍遥法外，逃脱法律的制裁！

专案组经过对现场进行细致的勘查，终于提取到一处极有价值的痕迹。同时，在吴某家里，警方秘密提取到了与现场吻合的重要物证。经送公安部专家进行技术鉴定，认定与案发现场的痕迹一致。由此确认，吴某有重大作案嫌疑。

面对有力的证据，吴某终于低下头，承认是自己干的。原来，两年前，两家都种了桃树。眼见张大柱家的桃树长得比自家好，吴某很不服气。而这一次高铁征地，一开始说是自己家被征，到后来却变成张大柱家的桃树地被征用了。当年花三四元钱买来的苗，听说现在可以赔到六百元一棵，真让人妒忌！于是，吴某悄悄拿了锯子，溜到张大柱的桃园里，趁着天黑，把两百多棵桃树全部锯断。

后来，他索性一不做，二不休，窜到张大柱家的吊瓜地里打起农药来。可是，这药水不杀根，没多久，吊瓜棵子就渐渐恢复了元气。眼见收割临近，他揣了把镰刀，又出门了。

“美丽”诱惑

这是一个让许多人疯狂、着魔、趋之若鹜的“游戏”——以投资虚拟的产品为幌子（又称“无店铺连锁销售”），参与人只需出资三千八百元到六万九千八百元，发展三名下线，根据网络发展情况晋级，到一定等级就能获利一千零四十万元，简称“1040工程”。这种常被亲戚朋友以“投资创业”等名义骗到广西南宁、北海、桂林、宾阳等地，实为一种高起点变相传销的美丽谎言，有着极大的迷惑性、欺骗性，短短几年间便席卷全国。

只是，天上真能掉“馅饼”吗？如果事实不是这样，又怎会吸引百万“传销大军”前赴后继？带着这样的疑惑，笔者与您一起探寻“无店铺连锁销售”的真实内幕。

一、无法抵御的“美丽”诱惑

钱进是宜兴市一家私企的小业主，去广西宾阳发展，纯属偶然。他苦心经营的企业运作顺利，平日里不用自己费心思打点。

空闲下来的他，常与朋友们一起喝喝茶，打打牌，以此消磨时光。

某日，多年不见的好友史小东与他联系，约好在咖啡馆见面。正应了那句“士别三日，当刮目相看”，几年前还蔫儿了吧唧的史小东，现在可是衣着光鲜，腕上还戴着一块亮闪闪的金表，一看便是价格不菲。寒暄之后，史小东告诉钱进，两年前，他去广西宾阳发展，正好碰上那里政策扶持，很快便掘到了一桶金。他做的红木、建材生意，一年就能轻轻松松赚个百八十万。两人虽是多年未见，却聊得甚欢。

过了两天，史小东约钱进小聚聚——没别人，倒也清静。史小东聊他在广西的发迹史，说那里可真是投资的天堂，机会唾手可得。

半个月后，史小东说要回去打理生意。钱进忽然有些不舍，史小东便邀请他一起去考察一下行情，并且提供路费，权当去旅游了。

“反正不花钱！广西风景秀丽，何乐而不为?”钱进有些心动，“去看看再说。”

几天后，钱进跟着史小东来到了广西宾阳。

史小东的办事处设在一栋居民楼里。钱进发现，这座城市里到处都是这样的出租房，操着各式口音的人们在楼道里进进出出。

进了屋，没有想象中那样紧张的办公场景，倒是有人嘘寒问暖，热情得让人多少有些吃不消。有端茶递凳的，有打水洗脸的，很像个温馨的“大家庭”。到了晚上，史小东特意拉了钱进睡在自己房里，两人又神侃到半夜。

第二天，他们睡到太阳老高才起来。史小东带着钱进到附近的公园里喝茶。到那一看，钱进吓了一跳！有成百上千的人喝着二十元一杯的茶，海阔天空地聊着，那可真是让人震撼的阵容。

钱进忽然心生些许疑惑。

而此刻，史小东却一脸愧色："钱哥，你我兄弟一场，我就不瞒你了。其实，我做的不是啥红木建材生意。你看，周围这么多喝茶的，和我一样，做的是无店铺连锁销售。钱哥，这可是个千载难逢的机遇。这是国家引进的项目，是新生事物，还在萌芽阶段，意味着利润丰厚……"史小东的话让钱进云里雾里，一时分不清方向，"入我们这行，门槛很低，只要交三千八百元就给你八件套：西服、衬衫、领带等。不是要你去摆地摊，也不是要你去上门推销，你只要发展三个下线，就可以赚很多的钱，最多可以赚一千零四十万！每天喝喝茶，数钱数到手抽筋。"史小东侃侃而谈，"你一定会说，既然这生意这么赚钱，为啥不在家乡和你直说，非要把你骗来？请你相信，这只是个善意的谎言。你想，只有你亲眼目睹了这个事业，了解了它的运作情况，你才会相信啊！现在，该说的都说了，我以人格担保，这个行业来去自由。如果你考察后觉得没兴趣，我可以给你买张返程的火车票，你可以开心地来，愉快地走。"史小东见钱进欲言又止，猛地打住，不再说话。

几分钟后，钱进忍不住，开口反问道："为什么报纸、电视上总说这是传销，是害人？"

"我骗你钱了吗？我强迫你加入了吗？我敢和你打赌，过不了多久，你就会感谢我。我也是从不理解到理解的，这是一个过程。我希望你抱着事业心来考察这个行业，为你自己，更为你的家人。"见钱进若有所思，史小东的嘴角露出一丝不易察觉的微笑。他继续讲老家的某某人原先是面朝黄土的农民，如今开着"宝马"到处逍遥；讲邻居某某原先是下岗工人，现在月薪上万……最后，史小东意味深长地对钱进说："正因为和你钱哥的关系，知道你经验丰富……要不然，我还不和你说呢。"

钱进觉得自己的脑袋快要炸了。史小东惊人的口才，着实让他刮目相看。只是，等到后来钱进加入了这一行才发现，其实这些都是满大街兜售的非法出版物《连锁销售一百问》、《连锁销售操作指南》等里面传授的“传销必杀技”，比如：为什么只能骗熟人做下线？如何把人骗到广西来“考察”？怎样击中新人的软肋？甚至新人刚来时，陪吃、陪住等，表面上看十分热情，其实是为了避免其与家人联系，自省后退出。没过多久，钱进便学得炉火纯青，不过这些是后话。

第二天，史小东请来了一名“资深经理”。“你觉得像传销吗?”对方单刀直入，提出了这个敏感话题，“我分析给你看。传销是金字塔结构，而我们这个行业是梯形结构。传销是终身世袭制，而我们实行‘出局制’……”差不多又是一个上午的“狂轰滥炸”，见钱进似懂非懂、将信将疑的样子，对方咽了一下口水，就此打住。

第三天，史小东又领着钱进出门了。他们踏进一间出租房，只见里面挤满了人，一名演讲者情绪激昂：“这是一个敢梦敢想的空间。不论你过去是做什么的，学历高低，背景如何，只要你有一颗坚持不懈的心，总有一天你会升到公司的最高级别!”煽动性的语言，加上现场气氛的感染，让钱进似乎看到小山一样的人民币正在向他招手……就这样，疯狂地开“晨会”、学“管理”，“现身说法”、“成功励志”……钱进被一步步地请入“瓮”中。

没过多久，钱进便回到宜兴，如法炮制。他对老同学晓平说自己在广西做装潢生意，需要人手帮忙，将晓平骗到广西宾阳，不断地给他洗脑，让他听传销课，史小东则在一边旁敲侧击。很快，晓平也加入了传销网络。晓平花了六万九千八百元钱买了二十一份产品，发展了两个下线，还主动补了一个下线。最后，他直接或间接发展的下线达二十余人。

钱进为了晋升为高级业务员，将自己的老婆也带到了广西宾阳，帮她买了二十一份产品，替她补了两个下线。他又偷偷拿了自己姑夫的身份证复印件，办了手续（申购单），替他补了两个下线。最后，他把自己的老父亲也拉了进来，还替他补了一个下线。就这样，钱进直接或间接发展的下线达三十余人，获利二十余万元。他买了一辆“宝马”轿车，请朋友们吃喝玩乐，好不风光，惹得不少朋友打听天上砸啥“馅饼”到他头上了。

只是，晓平的运气显然没那么好。虽然经他的手直接或间接发展的下线达二十余人次，毛利二十万元。但实际上，除去补下线、邀请新人“考察”、吃饭等开销，至案发时，晓平的亏损额达十一万元。至于晓平发展的那些下线，他们大多是刚刚入行，交了六万九千八百元，拿了一份实际价值不超过二百元的“八件套”，一个个血本无归。

二、解析传销密码

我们不妨先看一下这些“财富”的由来。

连锁销售网络人数明细图

代	每一代的人数	网络总人数
1	1	1
2	3	4
3	9	13
4	27	40
5	81	121
6	243	364
7	729	1093
8	2187	3280

代	每一代的人数	网络总人数
9	6561	9841
10	19683	29524
11	59049	88573
12	177147	265720
13	531441	797161
14	1594323	2391484
15	4782969	7174453
16	14348907	21523360
17	43046721	64570081
18	129140163	193710244
19	387420489	581130733
20	1162261467	1743392200

上面这张图是“连锁销售”理论上的发展模式，前提是必须保证每个人都能发展三名下线。这是个典型的金字塔型发展模式。网络中处在金字塔最底层的第二十代的人数是十一亿多，他们一个下线都没发展，占到总人数（十七亿多）的六七成。而处在第十九代的人数达3.8亿。他们每个人都只拉到三个下线。按每人只申购一份（三千八百元）算，以“连锁销售”、“五级三阶制”的奖金分配方式，每人仅能提成一千八百元（实习业务员的直接提成是570×2+升到业务组长的直接提成），远远拿不回本钱。

举个比较通俗易懂的例子。有这样两种工资：

1. 一天的工资为一万元，三十天的工资为三十万元；

2. 第一天挣一分钱，第二天挣两分钱，第三天挣四分钱，第四天挣八分钱，第五天挣一角六分钱（0.16元），以后每天的收入都是前一天收入的倍数，也按三十天算。

以上两种选择，请问，你会选择哪一种？

如果选择了第二种方式，那么最后可以得到5368709.12元钱——递增后数字惊人！

再看一下“连锁销售”的本质——

通常以“考察项目、做外贸、做生意”等名义把人骗到异地，在一个相对封闭的环境中反复给人洗脑，大玩“障眼法”，谎称这个行业叫“纯资本投资行业”，是一个政府试点项目，“为了加快北部湾开发，国家在财政难以直接投入的情况下，允许北部湾开展金融试点，以高额提成鼓励积极参与，启动民间资本投入建设”。为了“以示清白”，“连锁销售”极力与传销划清界限，拿“出局制”忽悠人，欺骗那些缺乏经济常识的人，而实际上就是“新瓶装旧酒”的传销！

因为投资甚多，人们往往不甘心，即使知道是骗局，也很难回头。深陷其中的人往往置亲情于不顾，达到疯狂的地步，导致妻离子散、亲朋反目，有的甚至采取过激行为，抢劫或绑架上线、杀人、自杀，造成更大的社会危害。

人的欲望是无限膨胀的，深陷传销陷阱的人大抵会抱有侥幸心理，明知道是犯法，也要去骗钱——即使被抓住了，也就判几年刑。可是你有没有想过，你将如何去面对被骗的亲朋好友，如何向那些倾家荡产的下线交代？

套现“空手道”①

一次偶然的机会，货车司机王某发现，通过POS机套现赚取手续费，来钱容易。于是，他迅速“试水”，帮人刷卡套现，赚手续费。没过多久，他已不满足于这样的小打小闹，把目光转向贩卖POS机，认为这一块“市场前景”更广阔。结果短短一年，他贩卖了一百多台POS机，帮人套现2.4亿元，牟利五十多万元。

某日，宜兴市民刘某匆匆赶到派出所报警，称他的信用卡被人骗走，已被非法套取现金约三万元。刷卡免息期一过，他将面临比高利贷还多的还款。宜兴警方根据报案人提供的线索，顺利抓获了犯罪嫌疑人张权，又顺藤摸瓜，确认利用POS机为张权非法套现的是俞某。于是，警方对俞某进行了秘密侦查。

在宜兴闹市区的一栋写字楼里，有一间俞某租用的办公室。进去过的人都知道，这是俞某闷声发财的所在。她花1.3万元买

① 原载于2010年6月10日《人民公安报》。

来一台 POS 机，跟人合伙用 POS 机套现。

所谓“POS 套现”，简单地说，就是利用“客户”的信用卡，虚构各种“消费”，为“客户”提现，他们从中收 1% 左右的手续费。在短短的几个月时间里，俞某已为“客户”非法套现二百余万元，获利近两万元。

宜兴警方把俞某作为突破口，经过三个多月的深挖，先后抓获俞某等八名涉嫌利用 POS 机套现的嫌疑人。

随着他们的落网，藏在背后的涉嫌非法销售 POS 机的王某浮出了水面。事后查明，这名非法贩卖 POS 机的“大佬”，前后向人兜售了一百多台 POS 机。

王某，徐州铜山人，本行是替人开货车，赚点儿辛苦费，但他不甘心一直这样。前些日子，手头拮据的王某送货到南京，偶然看到街头一则办信用卡套现的小广告，顿时心动。他按图索骥，办了一张信用卡，联系到 POS 机的机主，套取了一千四百余元现金。作为报酬，他向机主支付了五十元的手续费。

这给了王某很大启发。回到铜山，他一直思忖着这条“生财之道”。王某现学现卖，索性以办贸易公司的名义，向银行申办了一台 POS 机。紧接着，他利用家人及朋友的身份证，到多家银行办了信用卡，干起了 POS 机套现的营生。

据宜兴警方侦查，王某的生意主要有两块：一块是不停地寻找“客户”，帮人套现，赚手续费；一块则是“刷卡养卡”。王某发现，不同的银行信用卡，免息期是不同的，有的长达五十多天。当一张信用卡的免息期快到期时，他就用另一张信用卡套现，把前一张卡的“窟窿”补上。

过了些日子，王某觉得通过 POS 机套现只是小打小闹，不能发大财，于是，他把目光转到了向他人非法销售 POS 机上。

要申办 POS 机，先要有身份证。王某以每张一百元的好处费，大肆收购别人的身份证复印件。有时，他根据“客户”提供的身份证明，委托代办公司向工商、税务部门申办新公司的营业执照和税务登记，再以这家新公司的名义到银行办理 POS 机开户。申请后，王某以每台七千五百元至一万三千元不等的价格，将 POS 机卖给“客户”，获取丰厚的利润。

为笼络“客户”，王某将 POS 机送货上门并调试成功后，还提供“诚信服务”。同时，考虑到 POS 机频繁套现，会出现不正常的交易记录，往往被银行查封，王某竟能为“客户”提供“使用三个月，不被银行查封”的“售后质保服务”。

王某知道，贩卖 POS 机，或以虚构交易的方式帮别人用 POS 机透支套取现金，是要承担法律责任的，可他并未收手。到被宜兴警方抓获时，他已经非法销售 POS 机百余台，累计为别人非法套现 2.4 亿元，非法获利五十余万元。

那么，他又是如何在短期内套到两亿元钱的呢？据了解，王某通过各种途径，利用 POS 机虚构交易，帮持卡人“养卡”、非法套现。王某向警方交代，从“客户”刷卡到套出的现金回到“客户”手中，这笔钱是这样流转的：

第一步，王某联系相关商家，用“客户”的信用卡在该商家处刷卡消费，钱进入商家账户。

第二步，王某拿着有“客户”签名的购物小票，让相关商家在扣除“好处费”后，将“客户”刷卡消费的钱转入自己的账户。

第三步，王某到银行取现，在扣除 1.5% 至 2% 不等的手续费后，将钱给“客户”。

经过这么一圈的周转，卡主人虽然付了一定的手续费，但是套出的现金很快就到手了。

据办案民警介绍，到王某处刷卡的原因主要有三种：

1. 免交年费。一些卡主的信用卡透支额度较高，所以信用卡的年费也较高。于是，他们就通过王某以虚拟刷卡消费的形式免缴年费。虽然也需要给王某手续费，但是相对于年费来说，还是有“赚头”。

2. 单纯套现。此类人因短期内急需用钱，而通过正规渠道又无法筹集，便通过这个办法套取现金使用。王某的手续费虽然比银行正规贷款利息高，但远低于民间借贷的利息。

3. “卡奴”纠缠。由于每张信用卡都有还款期限，到期不还款就会留下不良信贷记录，所以为了躲过账单，“卡奴”们便用拆东墙补西墙的方法延缓危机。用银行信用卡提现，一般只能提取信用额度的50%，还有手续费和每天万分之五的利息，而利用POS机虚拟消费，套取现金，则可以享受最长五十六天的免息期并且全额提现，手续费也不高。因此，套现就成了“卡奴”的救命稻草。王某正是利用了“卡奴”的这种心理，专门代人“养卡”——客户只需把信用卡及密码交给王某“代养”，王某便会替那些无法及时还款者垫付欠款，再用他们的卡套取现金还给自己，从中赚取手续费。

然而，POS机套现无论是对银行还是对信用卡主人，均存在巨大隐患。有三大风险伴随“POS机套现”：

一是，银行在获取信用卡收益的同时，会承担一定的风险，比如，持卡人无法偿还借款，再加上恶意套现的恶性循环，银行的资金缺口将越撕越大。

二是，“卡奴”以卡养卡，在不法中介的协助下，利用虚拟的刷卡消费套现。但是，“套现”并非免费午餐，需要支付“中介”一定的手续费，一旦超过发卡银行最长免息期，还必须支付高额的利息（按每天万分之五的利率来计算，相当于年利率18.25%）。同时，因无法及时还款，会产生不良还款记录，直接影响持卡人以后的贷款业务。

三是，容易诱发信用卡诈骗，使无辜者蒙受损失。一些人在不知情的状况下，身份信息被别人用于申领信用卡，后患无穷。

在此，警方建议广大市民安全使用信用卡。要在信用卡允许的额度和个人能力所及的范围内使用。不要盲目相信 POS 机中介机构所谓的“免利息、无风险”的谎言。不要请不法中介办理金融业务，尤其是信用卡业务。在使用信用卡的过程中，要注意保护密码、持卡人身份资料等信息，防止被不法分子盗刷。

陷阱[①]

小丽是宜兴市一家公司的职员。某日，她在网上结识了一个叫王海的男子。闲聊中，王海透露，自己名下有两家企业。得知小丽会机械制图，王海让她帮自己的填料公司绘制一张图纸。一来二去，两个人熟络起来，谈起了恋爱。

过了一个月，王海突然找到小丽上班的公司，告诉小丽说自己有急事，要借五千元钱，过几天就还。小丽也没怀疑，便和他一起回家，取了钱给他。

几天后，王海告诉小丽说，他的伯伯在上海开大公司。如果参与他们公司的投资，不仅每个月可以分红，而且到年底还可以再拿些奖励。他建议小丽投一两万元的股金。小丽说自己只有七千元积蓄。王海说，多少没关系，加上他借的五千元，算入股1.2万元。

见小丽有些犹豫，王海便将她带到自己的同学小平那里，问："你投资的三万元钱，这个月给你分红的一万元，打到你的

---

① 原载于2010年3月6日《扬子晚报》。

银行卡上了，有没有拿到?”小平说：“钱我拿到了。”小丽见小平忠厚老实，不像是骗人，也就相信了，将自己积蓄下来的七千元钱交给王海“投资”。

一周后，王海说他没有驾驶证，叫小丽去学车，说只要拿到驾驶证，就可以到公司帮他开车了。他说有朋友在驾校，让小丽准备五千元钱，立即报名上车。可是，小丽筹了钱交给王海之后，却左等右等，也等不来驾校的开班通知。

又过了一段时间，王海告诉小丽，说替她买了辆车，已付了八万元，还差1.2万元。为了说服小丽的父母拿出钱来，王海说他的伯伯是上海的大老板，资产几个亿，但伯伯没有儿子，一直要收养他，可他却丢不下亲生父母。他还说自己的厂就是伯伯投资的，车子也是伯伯买的。虽然买车子的钱，小丽家只出一个零头，但车主的名字写小丽的。马上就是一家人了，小丽的父母想想，不能让女儿寒碜，就去借了一万元钱，交给了王海。王海说，剩下的两千元钱由他来解决。可是，日子一天天地过去，却迟迟不见车的影子。王海解释说，是进口车，要从广州那边运过来，时间要长些。

不久，王海告诉小丽，说投资分红的钱要打到她的银行账户上，而她现在的银行卡不能用，要去办新卡。于是，王海便带着小丽去中信、浦发、招商等银行连办了七张卡。等这些卡陆陆续续拿到后，王海说，卡都放在他身上，到时候伯伯的公司把钱打到卡上，方便些。在接下来的两个月里，王海又以追加投资、自己动手术等借口从小丽那里“拿”了1.6万元，还大方地写了一张五万元的借条给小丽，说前后借了她四万多，剩下的就算是利息吧。

不久，王海打电话给小丽，说要还钱给她。可是，当小丽拿来了借条，王海却一把抢过去撕了个粉碎，还威胁说：“你不给我，我就打你。”

更让人意想不到的是，那些办过卡的银行陆陆续续打电话给小丽，说她的银行卡透支了。小丽一查询，发现累计透支达 2.4 万元。小丽决定向王海讨回损失。而让人匪夷所思的是，王海居然拿出了一张已归还 2.9 万元的收条，上面有小丽的亲笔签名和手印。

小丽有口难辩。正在她一筹莫展之时，一个叫小林的女子找上门来。

小林告诉小丽，她也被王海骗了，手法如出一辙。王海先后以“投资分红”等名义，骗走了她五万多元现金及一辆汽车、一辆摩托车。有一次，王海说他在上海的伯伯身体不行了，等着他去继承几个亿的财产，让小林假装他的女朋友，先准备一万元的见面礼，好讨弥留老人的欢心，一起继承遗产。小林想，这“交易”划算，便凑了一万元交给王海。结果，王海并没有带她去上海。在此期间，王海伙同小平，以投资入股半年，分红 200% 为诱饵，骗走了她三万元钱。小林也被骗去办了一张用于“分红”的银行卡，被王海恶意透支了三千元钱。同样，让小林感到惊讶的是，王海居然持有她亲笔签名的 9.8 万元欠条及将名下的汽车转给王海的转让书。

王海听说小丽和小林在一起后，打来电话恐吓小丽：“你欠我十万元，我手上有欠条。我要报警!”他还接二连三地到小丽的公司去闹，说小丽欠他十万元不还，甚至拨打数十个恐吓电话，扬言：“我要拿车撞死你！反正车主是小林，撞死了你，也是小林顶……找两车人揍你，让你没法过日子!”小丽的工作、生活陷入了混乱。

同样，小林的日子也不好过。王海拿了小林亲笔签名并捺了手印的 9.8 万元借条，气势汹汹地跑到小林家里，威胁小林的母亲，逼着老人拿出了三千五百元钱和以前王海写给小林的五万元欠条。

眼瞅着就要过年了，小丽、小林两家人被王海闹得鸡犬不宁。考虑再三，两个人决定向警方报案。

接到报案后，宜兴警方迅速组织人员展开侦查。由于一些有效的证据（借条）已灭失，侦查工作困难重重。这个时候正值过年，但办案民警丝毫没有松懈，继续盯住案件不放。春节很快便在忙忙碌碌的工作中过去了。经过二十多天的攻坚克难，警方终于成功侦破了这起“投资分红”诈骗案，先后抓获了王海、小平两名犯罪嫌疑人，追回了受害人被骗走的汽车、摩托车等财物。

犯罪嫌疑人王海，二十一岁，已婚，小学四年级文化程度，农民，根本没有什么身家几亿的伯伯。为了把“投资分红”的骗局演得更真实，王海找来同学小平做托，编了台词，合伙设局诈骗。王海许诺到时候把小丽介绍给他，说从小林那里骗来的车子给他做生意用。就连小平这样的“发小”，王海也不放过，先后五次骗走了他六千二百元钱。

王海让小林、小丽参与“投资分红”时，说要和伯伯的公司签合同，让她们在白纸上先签名、捺指印，或将借据等夹在一大沓“合同纸”里，浑水摸鱼，骗取了两个人签名、捺指印的“借条”，先后骗走了小林、小丽价值十六万余元的财物。

诡 计[①]

紫砂，因传统特殊的制壶技艺和高雅质朴的文化内涵，成为江苏宜兴的一张独具特色的“城市名片”，架起了这座江南小城与世界沟通的桥梁。可谁想到，不法之徒竟把贼手伸向了紫砂行业——假意订一批高档紫砂壶，博取紫砂艺人的信任后，再以借钱或吃回扣的方式骗取财物。

一天上午，紫砂艺人赵青正在家中睡觉，手机突然响了，显示的是一个陌生号码。电话里的男子亲昵地称他为“赵老师”，称自己是一家电缆企业老总的儿子，叫李俊。他说快过年了，公司准备订几把高档紫砂壶，请北京的一位书画名家刻字。

一听有贵客上门订货，赵青自是乐意，赶紧约“李公子”到自己的工作室面谈。他问“李公子”在哪里，“李公子”说正在某工艺大师的徒弟那儿喝茶。

过了一会儿，“李公子”如约来到了赵青的工作室。“李公子”三十来岁的模样，谈吐间博学广识，从古董、字画到紫砂圈

① 原载于2010年10月6日《江苏法制报》。

内的奇闻逸事，侃侃而谈，让赵青大有一见如故的感觉。到了午饭时分，赵青在饭店安排了酒席，盛情款待“李公子”，“李公子”也没客气。

吃完饭，赵青替“李公子”在一家酒店开了房间休息，两个人继续海阔天空地闲侃。其间，“李公子”业务繁忙，一会儿和紫砂大师A联系，说要请他帮忙刻几把壶，一会儿又和紫砂大师B通电话，说自己的包掉在他朋友借去的“悍马”车上，又让B提醒他的朋友小心开车，在高速公路上注意安全，等等。

过了一会儿，“李公子”接到他父亲的电话，说要他去C大师家中看望其生病的妻子。这时，“李公子”面有难色，和赵青商量，说包落在“悍马”车上了，身上没带钱，问能不能先借三千块钱。

面对这位潜在的大客户，赵青丝毫没有怀疑地从口袋里掏出一沓钱，数了数，只有两千元，又急忙去银行取了五千元。他本想自己留两千元，但见“李公子”跟进了银行，索性大方地把七千元全给了他。

临别时，“李公子”告诉赵青，公司老总在石家庄有个开业典礼，要订五十把高档壶，让他回去准备准备。

赵青想陪“李公子”一起去看望C大师的妻子，“李公子”忙推辞说，父亲和C大师虽然关系好，但贸然带人去不合适。

赵青想想也是，便乐滋滋地回去准备茶壶了。等他回过神来，却发现，自己前脚离开，“李公子”后脚就把酒店的房间给退了，拿了押金，把手机关了，就此“蒸发”了。

宜兴市公安局丁山派出所接到群众报案后，随即展开侦查，但“李俊”显然是假名，而他和大师们所谓的“通电话”，根本就是一出“独角戏”。案件侦查工作陷入了困境。

随后的几个月里，丁蜀镇又陆陆续续地发生了几起店家被人以订壶为名骗取信任后，诈骗钱财的案件，但受害者大多认为损失不大，自认倒霉，并没有报警。

一天中午，某紫砂店老板娘接到了一个电话。电话里的男子热情地称呼她“沈老师”，并说自己来买过壶，现在找不到她的店了。见老客户上门，老板娘也没多心，便把详细位置告诉了对方。

五分钟后，一名三十来岁的男子走进店里，称刚才打过电话。男子递上一张“唐云”的名片，自我介绍说是某矿业集团公司的总裁助理，要陪几个天津客户来买茶壶。现在客人在浙江萧山，他已派司机去接了。男子一边和老板娘闲聊，一边坐在店里等客户。过了一会儿，男子说自己没烟抽了，做出一副吃回扣的模样。老板娘心领神会地买了条软包装的“中华”烟塞给了那名男子。到了下午四点半左右，男子说自己想到旁边的店里买几只花瓶，可包落在车上了，身上的钱不够，想问她借点儿，回头买壶时一起还给她。老板娘也没犹豫，给了他两千块钱。拿到钱后，这名男子便脚底抹油——溜之大吉。

无独有偶，几天后，某工艺师的工作室里也来了一名青年男子，瘦瘦的，穿着一件黑色T恤，外罩一件黑色外套，脚上蹬一双绒面鞋。这名男子自我介绍说，他是本市一家公司老总的侄子，叫邵俊。他说以前他叔叔曾买过这位工艺师的壶，送给几位老将军，将军们都很喜欢。这次，叔叔特意叫他回来再买几把壶送给将军。

工艺师想不起来啥时候有过这事，但想想自己平时接触的客户比较多，也可能是自己忘了，便和这名青年一起挑了几把壶。

选好后，青年也没还价，只是说自己的钱在光大银行的信用卡上，卡在司机那里，司机开车到外地办事去了，还是第二天上午十点来付款、拿壶吧。他又说，自己身上没香烟了。

工艺师一想，对方来头这么大，自己也不能寒碜了，就拿了条“苏烟”给他。

过了一会儿，男子看看天，说这么晚了，身上没带钱，住宿还是个问题，问工艺师是否能垫一下，第二天买壶时一起结算。工艺师也没多想，安排了车子送他到宜兴宾馆住下，还帮他垫付了一千元的房卡押金。

第二天早上，工艺师左等右等也不见青年男子的身影，忙按名片上的公司电话打过去，发现该公司老总没有侄子，公司也没有副总裁。再打男子的电话——关机。他追到宾馆，总服务台的服务员说，客人前一天晚上就把房退了，拿了押金走人了。

又过了几天，高级工艺师贾伟接到了一个电话。对方自称姓唐，是一家电缆企业老总的儿子，听朋友介绍说，贾伟的壶艺精湛，想来买几把壶送给客户。于是，贾伟便约“唐公子”下午来自己的工作室面谈。可这位“唐公子”说自己已经在丁蜀镇了，贾伟便同意他过来。

没过几分钟，一名三十来岁的男子夹着小包出现在贾伟的工作室门口。男子说车子去杭州接客人，自己先到贾伟这里挑几把茶壶，等下午车子接客人回来，再接他。

很快，“唐公子”便和贾伟聊开了。“唐公子”聊起自己和哪些工艺师关系甚密，又说家里有“奔驰”、“宝马”车，还聊了父亲企业的年产值有多少。唐某的言谈举止，很像是见过大世面的人，讲的紫砂圈子里的事，有板有眼的，这让贾伟对他毫不怀疑。到了中午，见“唐公子”没有要走的意思，贾伟便想安排自己的学生陪他去吃饭。可是，见“唐公子”面露不悦，便只好亲自作陪，去一山庄吃饭。吃到高兴处，两个人俨然是相交多年的旧友。“唐公子”取下自己戴的“浪琴”表（案发后经鉴定，系“山寨”表），送给贾伟作见面礼。贾伟推辞了一番，但盛情难却，只好收下。

酒足饭饱，两个人返回了工作室。路上，“唐公子”说要去一位紫砂工艺大师的女儿家中，通过她买大师的作品，可自己身上钱不够，信用卡又在车上，问是否可以先借些钱，等司机过来，一并把买壶的钱还上。贾伟也没多想，去银行取了1.5万元给了唐某。拿到钱，唐某立马销声匿迹了。

紫砂艺人屡屡被骗，引起了警方的关注。该系列案件经串并后很快告破，犯罪嫌疑人唐某落网。原来，唐某根本不是啥富家公子，也不是企业高管，他的父母都是面朝黄土背朝天、老实巴交的农民。唐某劣迹斑斑，曾因盗窃、诈骗、寻衅滋事而两次锒铛入狱，前些日子刚刑满释放。

唐某先是略施小计，骗了一紫砂艺人七千元钱。他发现这是一条生财之道。为了更逼真地扮演“角色”，唐某特意印制了一些名片，摇身变成了某企业副总裁、某矿业集团总裁助理、某电缆企业老板的公子、侄子等。他先是根据网站上的资料，获取紫砂艺人的电话、地址等信息。接着，他假装经老客户或朋友介绍前去买壶，向对方吹嘘自己和某某紫砂大师是老朋友，骗取对方的信任，设法“借钱”、“吃回扣”，得手后溜之大吉。就这样，唐某凭着对紫砂行业一知半解的“噱头”，利用店家防范意识薄弱、急于成交的心理，愣是“忽悠”了八名紫砂艺人。

六旬老伯路遇江湖骗术①

“演技”、“忽悠”是江湖骗术的“硬道理”。“戏”演好了，骗钱自然是易如反掌。“换外币”的骗术虽老套，却屡屡有人上当受骗。这并不是因为骗子有多么高明的手段，而是因为骗子善于利用一些人贪小便宜、想发意外之财的欲望，诱人上当。

老曹平时以开电动三轮车送人谋生。这一天上午，老曹像往常一样，在和桥街上等生意。十时许，一名男子急匆匆地跑到他跟前，操着带云贵口音的普通话嚷嚷道：“我听不懂你讲话。这里有个本地大叔，我让他接电话，你跟他说。”说完，就把手机递给了老曹。

老曹有些莫名其妙地接过电话，只听得电话里的人说：“你把他带到和桥二中门口。”见是生意上门，老曹自是乐意，很快便将客人带到了目的地。只见一名二十七八岁的青年男子已等在那里。

“乘客”惊讶地问：“陈医生的手机卡怎么在你身上?”

① 原载于2010年1月12日《现代快报》。

年轻人忙解释说，陈医生年纪大了，就把诊所转让给他了，把手机卡也留了下来。他说陈医生现在住在儿子那里安享晚年，问要不要带他们过去。

“谢谢啊！如果能找到陈医生，我一定好好感谢你们，给你和这位大叔一人一百块。”“乘客”显得有些心事重重。

于是，年轻人便热情地引路。到了一栋楼前，年轻人说自己上去看看陈医生在不在家。过了一会儿，他出来了，告诉“乘客”，陈医生到南京去了，说有什么事情就讲好了，能帮忙的一定会帮的。

“乘客”说自己在宜兴出了车祸，把一个小孩撞成了重伤，交了五万元押金，医院还在催钱。车上的货停一天要损失五千元钱，可他身上现在只剩下英镑了，陈医生是熟人，想找他帮忙换些钱。

年轻人建议去银行兑换。“乘客”说自己没有手续，银行不给兑，问年轻人和老曹谁有银行的朋友。

老曹说没有。年轻人热情地表示有个表哥在镇上银行做主任，可以帮忙打个电话问问。电话里，“银行主任”说，没有手续，不能办理外币兑换，不过看在表弟的面上，可以给兑些，但他不愿意直接换给当事人。

“乘客”显然急需用钱，便连连应允：“行，那你和大叔帮我去办一下。办妥后，给你们一人一千元的报酬。”

于是，年轻人便和老曹一起去银行。走到门口，正巧见“银行主任”从银行大门里走出来，年轻人便掏出了“乘客”给他的一张面值一千元的外币，悄悄问“银行主任”，这是哪国的货币，能兑多少人民币。“银行主任”看了一下说，这是英镑，有手续的话，能兑换一万五千八百元人民币；如果没有手续，就只能兑换到一万两千元。年轻人问，看在自己的面子上，能不能多兑换点儿。“银行主任”犹豫了一下说，既然表弟你开了口，就兑换一万五千元，至少要扣八百元手续费。

在回去的路上，年轻人和老曹商量：“我们每张外币帮他多兑换三千元人民币，他才给我们一人一千元，不如我们把每张多兑换的三千元平分。”

老曹也觉得这是个好主意。于是，两个人便和“乘客”碰头：“面值一千元的外币能兑换一万两千元人民币，你要兑换多少？”

“乘客”皱起了眉头：“兑得太少了。要是兑率高点儿的话，我还能多兑几张。先兑二十五张救急吧。不过，我把这么多钱给你们，万一你们走掉了怎么办？你们最好拿些什么做抵押，我心里也好有个底。”

年轻人说：“我家里有几万块钱，我再借点儿，凑二十万块钱做抵押。”

“乘客”想了想，说：“行，你去拿。”

年轻人让老曹在那里陪“乘客”，自己去筹钱。过了一会儿，年轻人有些沮丧地回来了：“家里只有五万元现金，问朋友借也没借到，先拿给你做抵押吧。”

“乘客”有些生气：“我这外币能兑换三十万元，你们只拿五万元做抵押，这也太没诚意了。”

老曹见到手的鸭子要飞了，急忙说：“我家里有十几万，我拿给你做抵押。”

于是，年轻人陪着老曹回家拿了存折去银行取钱，取了14.7万给了“乘客”。

这时，“银行主任”打电话给年轻人：“兑换报表已经填好了，你们来签字吧！”

“乘客”说：“我要兑换二十五张外币，现在你们这些钱不够，留一个人在这里陪我吧！”

年轻人跟老曹商量：“要不你留在这边，我去签。”

老曹同意了。过了一会儿，年轻人回来了。这时，“银行主任”又打电话过来，叫老曹听电话：“是你们两个人兑换的，你也要来签个字，签完才能拿钱。”

老曹对年轻人说：“你在这里等等我，我签完字就回来。”

年轻人拉住老曹，悄悄提醒：“大叔，你拿钱时，记得把我们赚的钱分开来放啊！”

可当老曹兴冲冲地赶到刚才那家银行时，一个消息“炸”得他脑袋里一片空白：这家银行根本没有这个“银行主任”！准备兑换的“英镑”，是一些不值钱的秘鲁币。

宜兴警方接到报案后，迅速成立了专案组，对这起以兑换外币的方式诈骗的案件进行专案攻坚。宜兴刑警先后在江苏金坛、溧阳，贵州三都等地抓获四名犯罪嫌疑人，串并该团伙在贵州、安徽、江苏等地实施的诈骗案件八起，涉案总价值二十余万元。

防骗秘籍：多警惕，戒贪念。

“外币”诈骗在二十世纪九十年代初就已出现，是老掉牙的骗术。用于诈骗的大面值外币多为美洲一些国家早已作废或面值很低的纸钞。此类诈骗侵害的对象主要是文化程度不高的中老年人。团伙分工明确、配合默契，作案时一人持“外币”寻找目标，以问路等方式搭讪，假装找人（实际上是同伙），骗取信任后拿出“外币”，说急用，愿意低价兑换，再由同伙扮“银行工作人员”做“权威鉴定”，并许以兑换差价。面对金钱的诱惑，受害人往往放松警惕，掏钱抵押或购买“外币”，中了圈套。

空壳[1]

郑先生是宜兴市新广电缆公司驻成都办事处的一名营销经理。前些日子，一位朋友向他介绍说，北京万羽公司要订购一批电缆，叫他去试试。没想到，这笔生意出乎意料地顺利，不仅签了五百八十万元的合同，而且能获得五六十万元的利润，同时，对方还许诺会继续合作几千万元的电缆业务。

郑先生跑电缆业务快一年了，可谓尝尽酸甜苦辣，不知送了多少标书，赔了多少笑脸，有多少个不眠之夜辗转在路上，可每次努力的结果都让他沮丧，订单一张也没拿到，身上的几十万元积蓄却花得差不多了。因此，这份突如其来的“订单”对于他来说，无疑是天上掉下了馅饼。当然，对于对方公司的底细，郑先生心里有些没底。于是，他便私下里去查了这家公司的工商资料，发现其二十年前的注册资本就有 1.6 个亿，业务涉及高科技、房地产、酒店等行业，下属十二家企业分布在北京、上海、深圳、武汉、青岛等大中城市。实力雄厚的公司背景，让郑先生

① 原载于 2010 年 1 月 12 日《现代快报》。

放下心来。同样，万羽公司也派了财务总监夏先生，先后两次到新广电缆公司考察。为了能顺利签下合同，郑先生许诺，给夏总监二十万元回扣。

双方很快签订了合同。合同标的为五百八十万元，预付款一百万元，货物全部送达、验收合格后两个月内付清余款。过了几天，郑先生听说万羽公司副总经理张权的老婆孩子到上海玩，便特意赶去陪着玩了三天。“郑老弟，和我们公司做生意，货款绝对有保障。”开怀畅饮时，张权和郑先生已然称兄道弟。“张哥，与千金初次见面，一点儿小意思。”郑先生心领神会地塞给他一万元红包。

半个月后，万羽公司将预付款一百万元打到了新广电缆公司的账户上，可蹊跷的是，这笔款项是通过财务总监夏先生的个人账户汇入的。为了避免风险，新广电缆公司退回了其中的十万元，让对方以万羽集团公司的名义重新汇入。很快，这笔款项以万羽集团公司下属子公司的名义再次汇入。

新广电缆公司有些犹豫，想放弃这笔业务，可万羽公司称这是为蒙古国一家公司订的货，违约金可不菲啊！

一百万元的预付款已到账，且对方公司实力雄厚，风险似乎很小。斟酌了一番后，新广电缆公司组织员工加班加点地生产出了这批特殊规格的电缆线。很快，第一批价值一百五十余万元的电缆发往了北京。几天后，第二批价值四百三十多万元的电缆也如期交货。

又过去了一个多月，对方的货款迟迟不见到账。莫非有诈？随着时间的推移，郑先生寝食难安起来。他隔三岔五地到北京催货款，可对方却拿出一张出口蒙古国的订单，长吁短叹，说自己也没办法，正追着人家要货款呢，让他第二天再来，说第二天下午账面上一有钱就支付。可到了第二天，他们又说还要等等，再等等。就这样，一拖便是两个多月。

面对万羽公司的百般搪塞、拖延，新广电缆公司负责人感觉这是一起精心策划的诈骗案，于是向宜兴市公安局经侦大队报了案。

案情重大，必须尽快查清事实，以减少企业损失！宜兴警方接到报案后，立即抽调精干民警前往北京展开工作。在半个多月的时间里，专案组民警先后调阅了二十余家银行的数据，走访了几十个单位，发现万羽公司不仅债务缠身，还惹了不少官司，公司账户在几个月前被法院依法查封了。

原来，万羽公司的董事长在几年前吃了官司，公司管理层一下子缺了主心骨，日渐败落。董事长出狱后，想把万羽公司重新运作起来，却发现自己患了不治之症，便把公司法人代表变更为周某。今年上半年，万羽公司与人合作，搞了一个生态农业发展有限公司。公司注册资金四千万元，万羽公司占70%的股份。而事实上，这只是以虚假验资的方式办理注册的“空壳”，万羽公司根本拿不出资金来运作这个项目。于是，周某便与公司副总经理张权商量，问能不能搞到一两百万元的启动资金。

张权说，可以做些“业务”，套点儿资金给万羽公司。于是，他先借了一百万元“高利贷”作预付款，与新广电缆公司签订了标的为五百八十万元的电缆合同，又以两千元的月租金租下了北京密云县的一间仓库。当第一批价值一百五十多万元的电缆运送到密云县的这个仓库后，张权立即找来了手下的两名员工：“赶紧联系买家，下浮价格出售，卖个百八十万。今晚必须要卖掉！”

两名员工连夜把这批电缆以一百一十万元的低价卖了出去。买家给了他们五万元的回扣，两个人平分了。又过了几天，剩下的价值四百三十万元的电缆也陆续到货了。在张权的授意下，两名员工又将货以二百七十二万元的价格“销”了出去。这一次，每人十七万元的回扣又被他们悄悄装进了腰包。而这一切，张权压根儿就不知道。

张权拿到总计三百八十二万元的货款后，还了先前的“高利贷”和部分公司借款，分了些给周某、夏某，并且还了自己的私人借款，其余的很快便挥霍一空。到了9月中旬，按合同，该支付新广电缆公司货款了，可这批电缆是以低于进价约30%的价格卖出去的，到手的钱也陆陆续续花完了，哪里有资金可以支付？为了应付新广电缆公司，张权编造了一份蒙古国某公司价值六百万元的电缆购销合同和收货单，以拖延时间。与此同时，张权紧锣密鼓地物色起下一个“目标”来。当宜兴经侦民警出现在他面前时，他不无遗憾地说，要是把付款期限写得更长一些，等下一批资金到了账，“磨”就可以推起来了……

揭秘“高微膜”

可别说，“高微膜”这名词还真能唬人，听上去怪“高科技”的。可就是这样一些披着“高科技”外衣的名词，经常会成为不法分子实施诈骗的幌子。

2009年的一天上午，私营业主陈东心急如焚地赶到宜兴市公安局经侦大队，称自己因合同违约，惹上了官司，寻求法律援助。负责接待工作的经侦民警听完当事人的介绍，马上意识到这是一起“纳米布类”诈骗案。由于识破得及时，这家企业成功避免了近六十万元的经济损失。

这要追溯到两个月前。某日，宜兴市某光学仪器厂经理陈东突然接到一个陌生电话。电话里，对方自称姓张，在云南办了一家企业，生产一种叫“高微膜”的高科技环保产品。因在网上发现陈东的公司信誉好，他想聘请陈东做该产品的地区总代理商。

对方不知虚实，陈东自是心有戒备，推脱道：“做不了，也不想做。”

电话那端的张总倒也没勉强，依旧彬彬有礼：“做不做都没关系，我给您寄一份产品资料过去。您不需要投资一分钱，签了合同再来拿货，转个手就能赚大钱。”

过了几天，陈东果真收到了一份来自云南的快件，里面是一沓印刷精美的企业简介、市场营销委托书、高科技环保产品“高微膜”样品及产品快讯等资料。陈东没当回事儿，把资料扔到一边，也就忘了有这么回事儿。

一个多月后，陈东突然接到一个来自河北的电话，对方自称是中国人民解放军第六三五七工厂的一名处长，姓熊，说企业生产急需一批“高微膜”，问是否能提供货源，并要求看样品。

陈东忽然想起了被自己扔在一旁的资料。想到这货一进一出，每平方米能赚个百八十元的差价，他不由得怦然心动。虽然当时脑海里也闪过一丝疑惑，但想想这两个人天南地北的，不像是串通的样子，便抱着试一试的想法，将张某提供的“高微膜”样品寄给了熊某。

几天后，熊处长打电话给陈东，称“高微膜”样品收到，检验合格，要求购买两千平方米的“高微膜”，按货款的30%预付定金，三十日内提货，货到全额付款。

陈某一算，每平方米二百九十元进，三百七十元出，这一转手就能拿十六万元，何乐而不为？于是，他急匆匆地与云南的张经理取得联系，问是否能保证货源。

电话那端的张经理连声说：“没问题，你签下合同后给我打电话，我就发货。”

得到肯定的答复后，陈东决定与河北这家军工企业的熊处长签订合同。熊处长让陈东将身份证复印件、公司营业执照副本复印件等传真过去，很快起草了一份订购合同，传给了陈东。陈东看到上面有中国人民解放军某工厂“军需物资”的字样并盖了章，便不再怀疑，立马签了合同。

第二天早上，熊处长打来电话，称22.2万元定金已交财务，马上电汇到陈东的企业账户上。不一会儿，汇票的传真件过来了，显示交通银行河北省张北支行交易成功。让陈某感动的是，电话那端的熊处长一再提醒，为了安全，一定要拨打“114”查这个银行的电话，核实一下汇票的真伪。

于是，陈东便查了该银行的电话。拨打过去，工作人员告诉他，汇票是真的，第二天中午十一点之前到账。

陈东见定金到手，赶紧联系云南的张经理，要求立即发货。可是，这时的张经理态度却完全与先前判若两人，先是推说货物紧俏，没有现货，又说没拿定金，当然是将货提供给先付钱的买家啦。

碰了一鼻子灰的陈东，只好和熊处长商量，能不能拖延几天。熊处长说，既然合同签了，就不能违约，自己是现役军人，是要受处分的。他还说，陈东也要被告上军事法庭。

陈东一听，急了，怕被告上军事法庭。他想了想，还是认栽，付5%的违约金吧。可是，电话那端的熊处长却不肯就此罢休。

如坐针毡的陈东一夜无眠。第二天一大早，他急匆匆地跑到宜兴市公安局经侦大队求救。接警民警一听，意识到这很可能是一起“纳米布类”诈骗案，便立刻替陈东联系银行核实，发现该汇票果真有“猫儿腻”。原来，跨行交易的票据交换，一般需要一个工作日，事实上在陈东核实后，狡猾的犯罪嫌疑人又从银行撤回了交易单。

而就在陈东在经侦大队进行咨询的时候，云南的陈经理又打来电话说，如果陈东确实急需货物的话，可以想办法给他从长沙调配，让他赶紧带六十万元现金，飞到长沙提货。

经验丰富的经侦民警告诉陈东，这是犯罪嫌疑人欲擒故纵的诡计。他们想利用陈东迫切购货的心理，以普通布冒充所谓的高科技产品“高微膜”高价售给他。等他上当后，买家便会突然“蒸发”。陈东的六十万元钱换回的不过是市值几千元的窗纱。陈东这才明白，自己差点儿就落入了诈骗团伙精心设计的圈套。

近年来，犯罪嫌疑人打着“科技”牌，从前几年的“纳米布”、“博尼斯布”、“多功能防化布”到现在的“高微膜”，诈骗手段可谓层出不穷。综合各地案情分析，该类案件实施诈骗的主要方式是：犯罪嫌疑人乙先以某外地企业的名义，主动约甲做地区代理商，并寄送该产品的市场营销委托书、样品及产品快讯等资料。接着，犯罪嫌疑人假扮成购货方，主动上门向甲订购产品。在具体实施诈骗的过程中，一种方法是，犯罪嫌疑人丙（“托儿”）先主动上门用现金购买少量产品并在购买过程中向甲灌输该产品稀缺、利润空间大等虚假信息。随后，犯罪嫌疑人丁以某企业的名义电话订购，称急需产品。面对丰厚利润的诱惑，甲会答应签订购销合同。在合同中，丁会约定，如果甲不能准时供货，将承担较大的赔偿责任。随后，丁声称已将预付款打入甲的账户，同时将转账凭证传真给甲。另一种方法是，省略现金购买的“托儿（丙）”，犯罪嫌疑人丁直接通过电话订购、签合同、电汇预付款。

甲为了安全起见，会询问银行转账情况。但银行电汇在一定时间内是可以撤销的，等甲发现汇款没到账时，为时已晚。另一种更隐蔽的欺诈手段是，犯罪嫌疑人提供给甲的银行信息及汇票都是假的。例如，犯罪嫌疑人先在“114”登记某银行分理处的电话（虚假信息），然后伪造该银行的汇票，这样即使是查询“114”，其结果也是假的。

签订订货合同后，甲联系乙订货，乙则称货源紧张，可以从发往附近省市的货物中调剂若干，但必须现金交易，然后将甲骗到异地交货，骗取甲现金若干。待甲拉回所谓的“高科技产品”后，购货方便会突然消失。而所谓的“高科技产品”，不过是些低档窗纱而已。

一名老刑警的难忘回忆[①]

六月江南。凌晨，位于宜兴市宜城街道的一家烟酒店里，突然浓烟滚滚。一名老者头部受钝器重创，死在店内。虽然由于救火抢险对现场破坏很大，“刑侦行家”戴崇谊没有气馁，借助先进的侦查手段，他和同事还是在一个易被人忽视的角落，提取到一枚不完整的可疑指纹。

接下来的故事水到渠成。虽然提取到的信息模糊，但对于刑警们来说，算不上有难度。刑事技术民警先是通过计算机模拟还原信息，随后将其输入自动识别系统，轻点鼠标，仅几秒钟就比对了本市库内数以万计的信息，又联网查询全国信息库，基本上锁定了犯罪嫌疑人。紧接着，依靠科学技术，拨雾显踪，很快便在案发地附近的小河里打捞起沾血的榔头、剪刀等重要物证。几天后，落网疑犯交代了为财杀人纵火的经过。

这是依托现代刑侦技术打的一场漂亮仗！正是现场遗留的那枚指纹，为侦查提供了方向，为鉴定甄别犯罪嫌疑人提供了科学

---

① 原载于2010年8月6日《人民公安报》。

依据。同时，依托现代科技手段侦查，有效地避免了外界的干扰和破坏，确保收集、保存有可能湮灭的证据，加大了打击犯罪的力度！

同样的案件，在几十年前却是完全不一样的情形。戴崇谊还清晰地记得自己还是一名年轻刑警时的某个场景。那是二十世纪七十年代末的一个清晨，他正在酣睡，突然被一阵急促的敲门声惊醒。莫非发生了大案？一个激灵，他顾不上披衣，三步并作两步冲到了门口。

“小戴同志，快！县局打来电话，说新芳公社昨晚有蟊贼抢了家双贷店。刑警队让我来通知你去码头！”门刚打开一条缝，门外的男子就竹筒倒豆子似的说了起来。趁着对方说话的当儿，戴警官仔细打量，认出是附近派出所的民警。不用多说什么，他急忙挎上勘查包，一路小跑地来到附近的码头。此时，离早班船起航尚有段时间。被薄雾阴霾笼罩的码头上，一艘机帆船吐着黑烟，给清冷的驳岸染上了一抹水墨黛青。

蹲在船尾抽烟的船老大瞥见穿着警服从远处走来的身影，立即将手中的半截烟往鞋底上一蹭，跳上岸：“公安同志，您可来了！公社的李公安派我来接您咧……”说着，顺手将戴警官的勘查包提溜过去。船老大随即麻利地解开缆绳，发动了引擎。直到正午时分，船才靠了岸。

在岸边翘首盼望了半天的李公安，忙招呼戴警官先吃点儿东西。可戴警官哪里顾得上喘息，直奔案件现场。

这是一家路边店，现场痕迹杂乱。光柜台边、房梁上、门窗处提取的指纹就达数百枚，更不要说残缺模糊的指纹了。戴警官不免焦虑起来。

傍晚，天空飘起了细雨。这时，戴警官意外地发现双贷店平时不走人的后门口，出现了半个胶鞋印。原来，晚上湿度大，窃贼在泥地上踩下了浅印。白天，太阳把脚印晒干了，脚印也就不见了。现在下起了小雨，脚印又显现出来了。他立即根据鞋印的花纹及磨损程度推断出了该鞋为“回力”牌球鞋，主人年龄在二十至三十岁之间。

于是，他便将附近生产队里所有穿“回力”牌球鞋的该年龄段的人列为重点排查对象！嫌疑范围一下子缩小到了十几人。

天色渐渐暗了下来。重点排查对象的指纹都采集了回来。很不凑巧，这个时候，生产队停电了。

怎么办？那就点煤油灯！可不能贻误战机！美孚灯盏上幽蓝的光，像是少女的明眸，忽闪着。戴警官将一张张指纹卡凑近火苗，甄别、比对、犹豫，再甄别、比对……夜不知不觉地越来越深了。天光放亮，他终于锁定了其中一枚与现场痕迹吻合的指纹！

迅速行动！在犯罪嫌疑人床底下，搜出一双“回力”牌球鞋，与现场鞋印特征完全一致。

面对无声的证据，睡眼惺忪的青年羞愧地低下头，“我以为怀疑不到我，没想到这么快……”青年是大队团支书，平日里工作踏实、表现优异，以至于案件破了，左邻右舍说什么都不肯相信。

现在，老戴警官回想起来，当年侦破这个案件有很大的偶然性，要不是傍晚下雨，草地上显现半个“回力”鞋印，重点对象就不可能缩小到十几人，而该青年也绝不会被列入重点怀疑对象。再退一步讲，即便是有足够的人力和物力，把附近几百户人家都作为嫌疑对象排查，以当时的技术条件，犯罪分子也很可能成为漏网之鱼！

故事有三十多年了，那时，戴警官刚参加公安工作不久。县里很多地方的交通还要依赖水路船运。平常，搭客班船去案件现场要花费半天；遇到案情紧急的，就只能找生产队的机帆船援助了。而有些偏远山镇，交通极为不便，甚至还要徒步翻山越岭。

而今，几十年过去了，交通越来越方便了，刑侦部门也不断添置设备，如刑事勘查车、指纹活体采集仪，等等。原来是单兵作战，现在是全国公安警务协作，刑侦工作由传统的“人海战术”、地毯式排查，逐渐演变为精确到点的新型技术侦查模式。破案周期越来越短，破案率越来越高！

从事公安工作这么多年，戴警官经历了无数案件。每次翻看这些泛黄的勘查照片，他都会觉得心里很温暖。这些影像是他个人经历的记录，也是新中国公安发展壮大的真实写照，它们记录的是一个伟大的历史进程！

静美在深秋（代跋）

这个秋天，人在北京。

古都的秋，静美、缤纷。每天从正义路甲四号步行至对面的公安部大院，沿街是高大的槐树，疏影透过婆娑的枝叶，斑驳地投在林间的小道上。一阵微风拂过，枯卷的槐叶，似一只只金色的蝴蝶翩翩起舞，又纷纷扬扬地飘落，在地上铺了一层金黄色的地毯。每天的路过，都是一种风景，让人感动于季节的绚烂和极致。

金色的秋天，是收获的季节，我的《氿城警事》也将付梓了。它是我平日里一些散淡的文字，多见诸报刊。许是从事公安宣传工作的缘故，这些年来，我的目光始终追逐着同行们的身影，作品亦多与公安话题有关，或事件，或人物。可没想到，无心插柳，这些原本散乱的文字，有一天能结集出版。而这，要感谢江苏省公安文联秘书长许丽晴女士，没有她的支持和鼓励，没有她精心组织策划这套《江苏公安作家丛书》，这些文字恐怕早已遗落在不知名的角落里了。

只问耕耘，不问收获。于工作，于写作，我多是如此。而幸